3分で殺す！
不連続な25の殺人

『このミステリーがすごい！』編集部 編

文庫

宝島社

KILLS IN
3 MINUTES!
25
DISCONTINUOUS
MURDERS
3分で殺す！
不連続な
25の殺人
『このミステリーがすごい！』編集部 編
宝島社

3分で殺す！
不連続な25の殺人［目次］

オシフィエンチム駅へ　中山七里

初出『５分で読める！　ひと駅ストーリー　乗車編』（宝島社文庫）

汽笛が鳴り終わると、列車はゆっくりと駅舎を離れ始めた。終着駅のオシフィエンチムまではひと駅だが、それでもあと一時間は揺られ続けなければならない。

「僕としてはこの列車にいる間に、どうしても犯人を暴いておきたいのです」

シュワルツは居並ぶ乗客に向かってそう宣言した。

「ここにこうして関係者一同と席を同じくしたのも何かの縁でしょうしね」

「縁というだけで君は他人の家庭にずけずけ介入しようというのかね」

家長のアブラハム・オーフェンは迷惑そうに言った。横にいた夫人のショシャナも同意するように頷《うなず》く。

「まあ、確かに君は隣人なのだから全く縁がないとは言わんが」社交辞令を込めてだろうか、次男のデーヴィッドはアブラハムとシュワルツの顔を見比べながら言う。

「それでも兄が言うのはもっともだ。しかも事が家族の死に関するものなら、部外者が口出しするのは僭越《せんえつ》じゃないのか」

「部外者、というのは言い過ぎだよ」

三男のイクサックは少し抗《あらが》うような声を上げた。亡くなった二人を除けば、オーフエン家で親しく話ができる者は彼だけだ。シュワルツは軽く会釈を交わす。

「シュワルツは俺たち兄弟よりもずっとフィリップとサラの面倒をみてくれた。それは兄貴もショシャナ義姉《ねえ》さんも承知してるはずだ。家に籠りきりだった母さんなら尚《なお》更《さら》ね」

一同は隅に腰を下ろしているデボラ夫人を見た。デボラ夫人は不自由そうにこちらに身体を向け、「それはその通りよねえ」と加勢してくれた。

母親が承認したのなら息子たちも文句は言えない。シュワルツは改めて一同に向き直った。

「確かに僕は一介《いっかい》の画学生で、警察官でも何でもありません。オーフェン家の方々とは隣人というだけに過ぎません。しかし、それでも二人のことは本当の兄弟のように思っていました。よく笑うフィリップ、甘えん坊のサラ。二人の相手をしていると時間を忘れました。だからこそ、二人が死んだ真相について何も明らかにされていないのが口惜しくてならないのです」

幼い二人のことを思い出したのだろう。オーフェン家の人々はそれぞれに頭を垂れた。

事件が起きたのは二日前のことだった。

朝八時、朝食時にいくら呼んでもフィリップとサラは起きて来なかった。そこでイクサックが二人の部屋に入ったところ、二人はベッドの上で冷たくなっていたのだ。

「僕は事件の概容を見張りの警官から聞いただけですから、もし間違っていたら仰《おっしゃ》ってください。二人は揃《そろ》って首を絞められていました。両手で絞められた痕《あと》がはっきりと残っていたそうです。二人の部屋は二階にありますが窓には内側から鍵が掛かり、部屋の中も荒らされていませんでした。そこで警察は当然のごとく内部の犯行、つまり家族であるあなた方に疑いの目を向けました」

「二階ぐらい慣れた泥棒なら易々《やすやす》と侵入できそうなものだ。自慢できる話ではないが、鍵だってそんなに強固な物じゃない」

「いいえ。あの部屋の窓は川に面していたし、手すりも排水管も露出していなかった。あの壁をよじ登れるのはクモくらいです」

そう反駁《はんばく》するとアブラハムは黙り込んだ。

「警察が最初に疑ったのは遺産相続に絡む問題です。もしもアブラハムさんが亡くなれば、オーフェン商会の一切合財は奥さんと二人の子供に相続されます。つまり先にフィリップとサラを殺しておいてから、後でゆっくり奥さんを葬れば、相続権は自動的に弟のデーヴィッドさんとイクサックさんに移る」

「くだらないな」と、イクサックは言下に切って捨てる。「後々のことまで考えて子供を先に殺しておく、か。あの刑事もそう言っていたが馬鹿な話だよ。大体、この兄貴が俺たちより先に死ぬなんて有り得ないね」

「僕も相続争いという動機には懐疑的でした。ただ警察がその動機に着目した理由も分からない訳じゃないんです。何しろオーフェン家は表立った不和もなければ利益相反もない。互いが互いを思いやり、フィリップとサラはみんなから愛されていました。そんな中で殺人の動機を考えるなら、カネという目的が一番納得しやすいからです」

アブラハムとデーヴィッドは不機嫌そうに顔を見合わせる。

「以上の理由から、警察はデーヴィッドさんとイクサックさんを容疑者に絞りました。しかし、それも長続きしませんでした。フィリップとサラは前夜の九時にはまだ生きていました。それを目撃したのは他でもないこの僕なのですが……つまり二人は前夜の九時から翌朝の八時の間に殺されたことになります。しかしその時間、デーヴィッドさんはパブで夜を明かし、イクサックさんも夜通し僕とポーカーをしていたので二人のアリバイが成立したんです。警察は二人を容疑者リストから外すしかありませんでした」

「あの時だけだな。自分の酒好きとイクサックのポーカー好きを祝福したくなったのは」

デーヴィッドは皮肉な笑いを浮かべた。

「次に警察はアブラハム夫妻に目を向けました。夫妻には実子を殺す動機など見当りませんでしたが、犯行の可能性がある人間から絞り込もうとしたのでしょう」

名前を出されてもショシャナ夫人はこちらを振り向こうともしない。ただ包帯の巻かれた両の手首を見下ろすだけだ。

「そこから先は俺が話してやるよ」イクサックが言葉を継いだ。「シュワルツもそこまで詳しくは聞いてないだろう。警察が悔しそうに説明していたけどな」

少し笑っているように見えるのは、その時のことを思い出しているからだろうか。

「死体の首に残されていた手の痕はえらく小さかったので、まずアブラハム兄貴が除外された。家族の中では一番大きな手をしているからな。次にショシャナ義姉さんも外された。手のサイズは見事に合致していたが、見ての通り手首に怪我をしていたからだ。事件の二日前に石段から滑落して、その際に両手首を捻挫《ねんざ》した。お蔭で鍋さえ持てなくなり、そんな手で他人の首を絞め上げるなんて到底不可能だ」

「そうでしたか……すると残ったのはデボラ夫人だけです。夫人の手なら死体に残った痕とサイズが一致するかも知れません。しかし家族の介助がなければ歩行さえままならない高齢の夫人は、最初から容疑者の圏外でした」

シュワルツは改めてオーフェン家の人々を見回した。興味がある素振りを見せているのはイクサックだけで、あとの四人はぼんやりとあらぬ方向を見ている。

「デーヴィッドさんとイクサックさんにはアリバイがあり、アブラハムさんは手のサイズが合わない。ショシャナ夫人とデボラ夫人は体力的に不可能と家族全員が容疑から外れ、警察の捜査は暗礁に乗り上げました。そしてそのまま今日に至っている訳ですが……僕はたった一つだけ可能性のある回答に辿《たど》り着いたんです」

「ほお。それはいったい何だい」

イクサックは身を乗り出す。

「アブラハム夫妻が共同で犯行に及んだ可能性です。首を絞めるという行為は頸動脈を圧迫することです。言い換えるなら相手の頸動脈に当てた手自体に力がなくても圧力を掛けることは可能です」

「……どういう意味だ」

「子供の首にショシャナ夫人が手を掛け、その上にアブラハムさんが手を添えて上から体重を載せる。こうすれば夫人の手で絞め殺すことができます。首には夫人の手の痕しか残らない……これならどうですか？」

夫婦が手に手を取り合って愛する子供たちの首を絞める――想像するだに恐ろしい光景だが、オーフェン家の人々にはやはり大きな動揺が見られない。

しばらくの沈黙を経て、ようやくアブラハムが口を開いた。

「画学生というのは絵を描く才能以外にも洞察力が必要なのかね」

「人を観察しようとする意識はきっとあるでしょうね」

「君の推察通りだよ、シュワルツ。フィリップとサラはわたしとショシャナが殺した。彼女の手にわたしの手を重ねて絞めた」

「おお、神様」

ショシャナ夫人がいきなり顔を覆った。その指の隙間から低い嗚咽《おえつ》が洩《も》れ始める。

「しかし言っておくが、それはわたしたちの犯行であることを眩《くら》ますための作為ではなかった。自分の子供たちを殺《あや》めるからには夫婦が共に手を染めなければならないと考えたからだ」

「何故《なぜ》……何故、二人を殺さなければならなかったのですか」

「何故？　決まっているだろう。慈悲だよ」

「慈悲……」

「それ以外にどんな理由があろう。もう、あの子たちに未来などない。これから待ち受ける運命を思えば、わたしたち両親の手で葬ってやる方がずっといいのだ」

通常であれば錯乱した者の虚言《そらごと》にしか聞こえなかっただろうが、今のシュワルツの耳にはひどく清新に響いた。そして疑問の全てが氷解した。慈悲——確かにそうなのかも知れない。夢の世界に遊んでいる最中、両親に殺される子供は幸せだ。少なくともこの列車に乗って我々と行動を共にするよりは。

「おい……駅が見えてきたぞ」

窓側に立っていた男がぼそりと呟《つぶや》いた。途端に数人が絶望に彩《いろど》られた目で窓の外を見る。

一車両におよそ五十人ほどのポーランド人を積み込んだ列車は、あとわずかで旅を終えようとしていた。
終着駅オシフィエンチム。
ドイツ名アウシュビッツ。

白い記憶　安生正

初出『5分で読める！　ひと駅ストーリー　冬の記憶・東口編』（宝島社文庫）

北海道の帯広《おびひろ》と富良野《ふらの》を結ぶ根室本線を、小菅雅弘《こすげまさひろ》を乗せた気動車は走っていた。十勝岳連峰《とかちだけ》を望む豊穣《ほうじょう》で雄大な大地も、この季節は見渡すかぎりの雪原に姿を変える。今、上川《かみかわ》地方は猛烈な地吹雪に見舞われていた。轟音《ごうおん》を響かせる風雪が窓ガラスを叩《たた》く。上空を覆う雪雲と、舞い上がる雪のせいで、辺り一面は真っ白な世界だった。

ホワイトアウトと呼ばれる現象が現れた。ホワイトアウトの状態に陥ると、雪や雲などによって視界が白一色となり、人は錯覚を起こして雪原と雲が一続きに見えてしまう。方向や天地の識別が困難になり、足元の風紋さえ見えなくなるのだ。

小菅は白い車窓を見つめていた。そう、この状況を一度だけ体験したことがある。今からちょうど一年前、去年の一月末のことだった。

「ご愁傷さまです」富良野病院の医師が杉内《すぎうち》の妻、礼子《れいこ》にそう告げた。

一年前の一月二十二日、美瑛町《びえいちょう》近くの雪原で凍死した杉内哲也《てつや》は、ヘリに乗せられて富良野病院まで輸送された。杉内と小菅は、北海大学の同じ研究室に属していた。

「なぜ主人が」杉内の横たわるベッドの脇で礼子が泣き崩れた。

「私がついていながら、申し訳ありません」小菅は深々と頭を下げた。

前日の二十一日、美瑛町の低温研究センターを訪問するために、小菅と杉内は車で富良野を出発した。既に大雪警報が発令されていたものの、二人は北海道旭川市《あさひかわ》から浦河《うらかわ》郡浦河町に至る国道二三七号線、通称、富良野国道を北上した。ところが上富良野の町を過ぎた頃、天候が急変した。猛烈な吹雪で道路の除雪が間に合わない。みるみる道路上に雪が降り積もっていく。引き返そうにも、この視界では対向車が危なくてUターン出来ない。仕方なく、脇道に入って方向変換することにした。

適当な農道を選んで、小菅はハンドルを切った。しばらく直進すると、転回出来そうな空き地があった。雪で隠れた側溝や用水路には要注意だ。慎重に車を乗り入れた矢先、車のフロントが新雪に乗り上げた。タイヤがスリップして前にも後ろにも進めない。その間も雪は降り積もっていく。時刻は午後三時を回った。日没が迫っていた。ガソリンの残りも心もとない。ラジオは吹雪が明朝まで続くと伝えている。携帯で救援を呼んでも、同じ要請が殺到して、いつ助けが来るかはっきりしなかった。

「明朝までここで頑張るしかないな」杉内が笑った。

「そうもいくまい。あと一時間で日が暮れる。さらに二時間もすればガス欠になる。近くの町までは二キロほどだから、俺が助けを呼んでくる」

「この吹雪の中を歩くのか。この時期は強風と低温のせいで、雪面が平らで固く締まっているから道路との見分けがつかない。道路を外れた所へ迷い込んだら凍死するぞ」

「農道脇には路肩の位置を示す竹竿が一定の間隔でさしてある。それを目印にすれば国道に戻れる。そこからは電柱伝いで町に着ける。心配するな、一時間ほどで戻る」

気乗りしない様子の杉内をおいて、小菅はドアのノブに手をかけた。

「夜中までに戻らなければ、何かあったと思ってお前が助けを呼びに行ってくれ」

おいおい、と杉内が真顔になった。冗談だよと、杉内の肩を叩いた小菅は吹雪の中、車を降りた。既に外は白一色の世界に変わっていた。

町までたった二キロとはいえ、吹雪の中を進むのは思った以上に大変だった。人を集め、救助に戻るまで十二時間を要した。雪に半分埋まった車に杉内の姿はなかった。時刻は夜中の三時。仕方なく一旦《いったん》町に戻った小菅は、翌朝、美瑛交番の協力を得て捜索を開始した。やがて車から数百メートル離れた雪原で、座り込むように倒れていた杉内が発見された。下半身は雪に埋まっていた。現場では二十一日夕刻から翌朝にかけて六十センチの降雪があった。気温は氷点下二十度まで下がったはずだ。警察は、小菅の帰りを待ち切れずに車を降りたが、ホワイトアウトで道に迷ったと判断した。

ちょうど一年前の出来事だった。


昨日、本当に突然、杉内礼子から電話があった。主人の一周忌を前に、最期の場所へ案内して欲しいと言ってきた。適当な理由で断りを入れようとしたが、礼子は執拗《しつよう》だった。何とかお願いします、と食い下がる礼子に小菅は根負けした。

帯広から礼子が待つ富良野へ向かう列車の景色は、一年前の再現だった。昨日から、日本海の低気圧が発達しながら北海道の南岸を進んでいる。上川《かみかわ》地方では午後から明朝にかけて大雪となり、降り始めからの降雪量は美瑛町で八十センチと予想された。

富良野の駅で礼子と落ち合った小菅は、彼女が用意したレンタカーに乗り換えた。礼子の運転で猛吹雪のなか、富良野国道を北へ走った。

「去年もこんな天気だったのですか」礼子が、前方の空を見上げた。

「そうですね」小菅は無愛想に答えた。

二人の間に重い沈黙が横たわった。唐突に礼子が切り出した。

「あの日、なぜ主人は雪原に迷い込んだのか、ずっと考えていました」

ワイパーの音が室内に籠った。

「目印になる物は何もなかったのでしょうか」

「目印？」礼子の言葉に、小菅はぎくりとした。

「主人は慎重な性格です。何も目印になる物がないのに一か八かで吹雪の中、車を捨てて雪原を歩くことなど考えられません」

「あの夜は氷点下二十度まで気温が下がりました。助けを求めて、やむなく車を降りたのでしょう。私がもっと早く戻っていればと思うと悔やんでも悔やみきれません」

小菅は礼子をちらりと見た。礼子から言葉は返ってこない。会話の途切れた車内で時間だけが流れていく。やがて、カーナビの画面を見ながら礼子が車を徐行させた。

「主人が発見されたのは、あの農道の先だと思います。違いますか」

おいおい、まさか……。この先はナビが利かないからやめた方がいい、と忠告する小菅を無視して、礼子がハンドルを切った。

吹雪をぬって白一色の世界を進むと、やがて前方に開けた土地が浮かび上がった。

間違いない、あの場所だ。空き地に車を乗り入れた礼子がスピードを落とさない。

危ない！　小菅が声を上げた瞬間、激しい衝撃でシートベルトが肩に食い込んだ。

どうやら前輪が溝にはまり込んだようだ。狼狽《ろうばい》する礼子。私がやってみよう、と運転を代わった小菅は、前進と後進のギアを使いながらアクセルを踏んだが、タイヤがスリップするだけで車はびくともしなかった。車の外へ出て凍えながら腕を組んでいる礼子がじっと見ていた。自業自得、まったく馬鹿な女だ。小菅は車を降りた。

吹雪に打たれながら立つ礼子。射抜くような視線が小菅に向いていた。

「この天気のなか、主人が道に迷うように細工したのは、あなたじゃないの。あの日、いくら吹雪とはいえ、ここへ戻るのに十二時間も要したのはなぜですか。それだけではない。この辺りの農道には、冬期、路肩を示す竹竿《たけざお》が立っているはずなのに、事件後、私がここへ来たとき、空き地から国道へ向かう最初の二十メートルは竿がなかった。この天候では致命的な距離ですね。ここに来て、それがはっきりしました」

「私が竹竿を抜いて、杉内が雪原に迷い込むよう仕向けたと」

いいがかりも甚だしい、と小菅は声を荒らげた。

「私に同じ手は通用しないわよ！」礼子が一人で走り出した。

「おい、そっちは方向が違う。雪原に迷い込むぞ」

礼子が白い闇に消えた。めんどうくさい女だ。仕方なく、小菅は後を追った。短時間なら足跡を辿《たど》ってここへ戻れる。彼女の足跡は雪原の奥へ続いていた。突然、吹雪の中から礼子の悲鳴が聞こえた。新雪に足をとられながら、小菅は走り出した。

礼子が首まで雪に埋まっていた。用水路に降り積もった雪の吹きだまりに落ちたらしい。農道脇に用水路はつきものだ。もしそうなら、深さは礼子の背丈を軽く越える。

小菅は右手を伸ばした。「私の手を摑《つか》んで」

「一年前に同じことをしてくれれば、主人は死なずにすんだ」

「馬鹿なこと言ってるんじゃない。凍え死ぬぞ」

少し動くだけで、ずるずると礼子の体が雪に沈んでいく。

「あなたは知らないけれど、一月二十二日、主人はほんの数秒だけ息を吹き返したのです。あなたが帰った後、私のたっての願いで、先生は蘇生処置を続けてくれました。その結果、ほんの一瞬だけ主人の意識が戻った。後から先生にお聞きしました。長野県で雪崩《なだれ》に巻き込まれた男性が発見から四時間、心肺停止確認後から三時間を経て蘇生した事例があるそうです」

「そのとき、杉内は何か言ったのか」小菅は伸ばした手を止めた。

「あなたに裏切られたと……」

小菅の中に一年前と同じ感情が芽生えた。突風で体が地面からはがされそうになる。大声もかき消す轟音。上から降っていた雪が横から降り始めていた。

「携帯を貸しなさい。私は車に忘れてきた。救助を呼ばねば二人とも助からない」

礼子が差し出した携帯を小菅は奪い取った。空いた片方の手で小菅は礼子の頭を雪に押し込んだ。渾身《こんしん》の力を込めた。礼子の体が雪の中へ沈んでいく。礼子の悲鳴が風に流され、助けてという懇願が雪に埋もれていく。やがて、完全に礼子の頭が雪に埋まった。小菅は上から雪をかけ、何事もなかったように礼子の穴を塞いだ。

心配しなくていい。レンタカー会社の社員は礼子しか見ていない。富良野で小菅がこの車に乗り込むところを覚えている者などいないだろう。

去年もそうだった。別に最初から杉内を殺そうと思った訳ではない。しかしあの日、閉じ込められた車内で小菅の中に殺意が浮かんだ。杉内と小菅は准教授の椅子を争っていた。二人いる助教のうち、准教授に就《つ》けるのは一人だ。

今だってそうだ。礼子が余計なことを言い出さねば殺す必要もなかったのに。

小菅は空き地へ引き返し始めた。しばらくして足が止まった。途中で足跡が消えている。元の場所へ戻る目印が消滅していた。

突然、礼子の携帯が鳴った。誰だ。吹雪のなかで小菅は携帯を耳にあてた。

(杉内です)礼子の声だ。背筋を震えが駆け上がった。

(驚きましたか。私は雪に埋もれた用水路のコルゲート管の中にいます。これを伝えば国道脇まで戻れる)

しまった。コルゲート管とは波付加工した銅板を組合せたトンネルで、直径は一メートルほど。女性なら身を屈《かが》めれば歩ける。農道脇の水路に据えられることが多く、この時期、水は流れていない。点検のために、所々、上半分が開いている。

(あなたが本当に主人を殺したのか、その確証が欲しかった。私は弟と二人で準備をしました。そして去年と同じ天候の日を待った。空き地からコルゲート管が埋められた場所への目印。管を使った脱出ルートの確保。あなたが私を殺そうとしている間の足跡の抹消。全て弟が協力してくれた)

小菅は呆然《ぼうぜん》と雪の上に座り込んだ。

(周りを見なさい。足跡も全て消え失せて、自分が何処《どこ》にいるかも分からないはず。主人が最後に見た光景を、あなたも目に焼きつけるといいわ)

ぷつりと携帯が切れた。

杉内が最後に見た白一色の世界。あと少しで、永遠に消える白い記憶だった。

三霊山拉致監禁強姦殺人事件　岡崎琢磨

初出『５分で読める！　背筋も凍る怖いはなし』（宝島社文庫）

〈三ヶ月だって〉

そのＬＩＮＥの文面を目にしたとき、蓼倉駿《たでくらかける》の頭の中は真っ白になった。

高校二年生のときに、同じクラスの小糠井《こぬかい》ちとせと付き合い始めてから、もう七年になる。お互い初めての恋人で、その後何度かケンカ別れと復縁を繰り返しながらも、今日までうまくやってきた。いつかは結婚するつもりだったし、結婚するなら相手はちとせ以外にいない、と駿は考えていた。

——だけど、まさかこんなに早く彼女が妊娠するとは。

十一月も半分が過ぎた水曜日、会社の昼休憩の時間にちとせから届いたＬＩＮＥは、まさしく青天の霹靂《へきれき》だった。

駿はちとせと関係を持つ際、習慣として避妊具を用いていた。もちろん、それで妊娠が百パーセント防げるわけではないことは知識として持っていたものの、実際には妊娠の可能性などまったく考えていなかったと言っていい。

ちとせは生理が遅れていることに気づき、仕事の午前休を取って産婦人科を受診したのだという。駿には、その件に関して一切相談してこなかった。ちとせはもともと口数の多いほうではなく、悩みをひとりで溜《た》め込む性質がある。彼女が専門学校を出て駿より二年早く働き始めてからは、まだ学生の駿が幼く感じられたのか、その傾向に拍車がかかった。だから、先に事実を確かめてから駿に報告してきたのは、いかにもちとせらしかった。

すぐには返信が打てなかった。愛するちとせとのあいだに子供を授かった、そのことはまだ実感が湧かないとはいえ、掛け値なしに尊い。

しかし一方で、駿は自分の人生が一気に早回しされたような、歌謡曲で言えばサビの部分がスキップされてしまったような、そんな感覚を味わってもいた。まだ二十四歳、大学を出て新卒で就職してから今年の春でやっと二年目を迎えたばかり。依然仕事に慣れたとは言いがたく、大過なく毎日を送るだけでも精一杯だ。ちとせとの結婚はもう少し先、一人前になって貯蓄にも少々の余裕ができ、交際が丸十年を迎える二十七歳くらいでできれば、と漠然と考えていた。正直に言えば、せっかく稼げるようになったお金で独身のうちにしかできないような遊びをしたいという気持ちもあった。

迷ったあげく、駿は次のように返信した。

〈LINEで話すことじゃないから、近いうちに時間を作って、今後について話し合おう〉

ちとせからの返信は速やかだった。

〈今週は仕事が立て込んでるから、来週末まで待って〉

来週末までは猶予がある。そのことに駿が安堵《あんど》した矢先、ちとせから続けて届いたLINEには、こう記されていた。

〈おめでとうとか、うれしいとか、そういうの一言もないんだね〉

　駿はそのメッセージに反応を示さなかった。


　その日の夜、駿は親友の土佐《とさ》裕樹《ひろき》を飲みに誘った。

「どうしたんだ、こんな平日の夜にいきなり。しかも、おまえのおごりだなんて」

「ちょっとな。ま、いいから飲めよ」

　裕樹の職場の近くにある焼き鳥屋は空いていた。もう少しがやがやしてるほうがしゃべりやすかったんだけどな、と駿は思うが、水曜の夜ならこんなものだろう。収入に余裕があるわけではなかったので、安い値段で飲めるだけでもありがたかった。

　裕樹と駿は、高校の部活仲間だった。つまり駿とちとせのことを、まだ二人が付き合う前から知っている。駿がちとせとケンカ別れをしたときにも、復縁したときにも真っ先に報告した相手で、二人の関係をずっと見守ってくれている存在だった。

「また、ちとせちゃんと何かあったか」

　裕樹に探りを入れられ、いまの自分はさぞかしさえない顔をしているのだろうな、と駿は想像する。これまでのような気軽なトーンでは、打ち明けられなかった。

「彼女、妊娠したみたいで」

　裕樹の顔に驚きが、次いで喜びが表れた。

「それはよかったな！　そうか、駿がついに父親になるのか。おめでとう」

「……ありがとう」

笑顔がぎこちなくなったのが、自分でもわかった。裕樹は眉間に皺《しわ》を寄せ、

「気がかりなことでもあるのか」

「本音を言うと、な……まだ、子供を作るつもりはなかった。ちゃんと避妊もしてたしな」

「まさか、ちとせちゃんのこと、疑ってるのか？」

「それはないよ」駿は慌てて手を振る。「ただ、想定外だったからとまどってるんだ。妊娠も、結婚も、心の準備ができてなかったというか」

裕樹は盛り合わせの皿に一本しかないねぎまを、断りもなく手に取り頰張った。

「おれは長いこと彼女もいないし、駿の気持ちわかってやれるとは言いがたいけどさ。人生なんて、予想どおりにいかないもんだよ。だからおもしろいんじゃねえの」

どこかで聞いたような台詞でも、裕樹は心から発しているように、駿には聞こえた。

「無責任かもしれないけど、おれはうれしいよ。二人のあいだに、子供ができたってことが。たぶん、わが子のようにかわいがるだろうなあ」

「そう言ってもらえると、こっちもうれしいよ」駿の顔はおのずとほころぶ。

「とまどう気持ちも理解できる。けど、生まれてきた子供を見ればきっと、そんなの

は吹き飛ぶさ。心配すんなって、遊びたくなったときはちとせちゃんに内緒で、いつでも付き合ってやるからさ」

裕樹がテーブル越しに腕を伸ばして駿の肩を叩く。駿は言った。

「おまえと友達でよかったよ」

「ああ。おれもだ」

おごりという条件で呼び出したにもかかわらず、会計の際、裕樹は自分が全額払うと言って譲らなかった。これでご祝儀は終わりな、と裕樹は冗談めかしたけれど、こいつは結婚も出産もあらためてきちんと祝ってくれるのだろうな、と駿は思った。


ちとせと会うのは翌週の日曜日に決まった。前日の土曜、駿は一時間ほど電車を乗り継いで実家に帰った。

駿が八歳のときに両親が離婚して以来、長らく母親の南子《みなみこ》と母ひとり子ひとりで暮らしてきた。市営住宅に住み、事務の仕事で得た給料でやりくりしながら、南子は駿を大学にまで行かせてくれた。そのことに恩義を感じていたので、駿は実家からなるべく近い範囲で仕事を探し、ひとり暮らしをしている現在も、定期的に実家に帰って母親に顔を見せている。

夕食は南子の手料理だった。年季の入ったダイニングテーブルに料理が並び、母子で椅子についたとき、駿は切り出した。

「母さんに、大事な話があって。ちとせとのことなんだけど」

駿が高校生のころから何度も家に連れてきたので、南子はちとせをよく知っている。

彼女は目をしばたたき、

「急にあらたまって、何」

「彼女、妊娠したみたいなんだ。いま、三ヶ月らしい」

駿が報告すると、南子は口を手で覆った。

「本当なの？」

「うん。判明してから、ちとせとはまだ会えていないんだけどね」

南子は身を乗り出し、駿の手を握る。

いつの間にか皺が増えた母の手の温もりを、駿は懐かしく感じていた。

「おめでとう。本当によかったね」

「ありがとう。まだ子供を作るつもりなんてなかったから、ちょっと不安なんだけどね」

「誰だって、初めは不安なものよ」

そう言って、南子は微笑《ほほえ》む。

「結婚生活も子育ても、決して楽なことじゃない。そりゃあ私だって、不安じゃない日なんて一日たりともなかったわよ。離婚したときなんか、自分ひとりでこの子を育てられるのか、この子が不幸になりはしないだろうかって、毎晩泣いてたくらい」

南子は、息子の前ではほとんど涙を見せたことがなかった。知られざる母の一面に、駿は驚きを禁じえない。

「だけどこうして、あなたは立派な息子に育って、いいお嫁さんを見つけて、子供を授かった。母親として、じゅうぶんな務めを果たせたのかは自分じゃよくわからない。でも、何とかなったわ。あなたたちだって、何とかなるわよ」

「僕、母さんみたいにいい親になれるかなあ」

「大丈夫。困ったことがあったら、子育ての先輩の私が何でも協力するから。あなたはとにかく、ちとせちゃんとわが子への愛情を絶えず心に抱き続けること。それだけ、忘れないで」

心から幸せそうにしている母親の姿を見ていたら、駿の心に薄くかかった靄《もや》はいつの間にか晴れていた。母の「大丈夫」の一言が、何より心強かった。

先に教えてくれたらもっとお祝いらしい料理を用意したのに、と南子が目元を拭いながら抗議する。駿は今日まで育ててくれた母への感謝と、母から自分、そして子供へと命がつながるのだという感動を噛《か》みしめながら、母の手料理をじっくり味わった。

翌日曜日、昼間は別の予定があるというちとせに合わせて、夜から会うことになった。

成人してからは、お酒を飲むことをよく好んだ二人だ。お酒を飲まない前提で会うのはいつ以来かもわからないほどで、そのことに駿は高校生のころの純朴さを思い出した。

どうせ飲まないのならと、駿はレンタカーでのドライブを提案した。ちとせはすぐに乗ってきた。彼女も運転免許を持っていたけれど、駿は自分が運転すると主張した。

駿が車を借り、近くの駅までちとせを迎えに行く。駅前のロータリーで見つけたちとせの表情は硬かったが、それには気づかないふりをした。

助手席に彼女を乗せて、予約してあるレストランを目指す。車がないと行けない郊外にある、地元の食材を使用した料理を出すお店だ。以前、テレビで紹介されているのを見たちとせが、いつか行ってみたいと話していた。

レストランはログハウスのような外観をしていて、内装も童話めいたかわいらしさがあった。炭酸水で乾杯すると駿は、開口一番で謝罪した。

「この前は、本当にごめん。喜ぶべきことなのに、動揺してしまってうまく反応できなかった」

測るような目で、ちとせは駿を見つめている。

「夫や父親になる覚悟が、自分には足りていなかった。だから今日まで、いろんな人と話をして、真剣に考えた。僕たち二人の、いや三人の将来について」

「うん。それで？」

「正直、いまでも不安がまったくないと言ったら嘘《うそ》になる。だけどそれ以上に、ちとせとのあいだに子供ができたことや、ちとせと結婚してこの先もずっと一緒にいられることを、心の底から幸せだと感じるようになった。腹が据わった、っていうのかな」

　駿の心臓の鼓動が、しだいに速まってきた。

「こんな頼りない男で申し訳ないと思う。それでも僕は、ちとせとお腹の中の赤ちゃんとともに、これからの人生を歩んでいきたい。ちとせはどう思ってる？」

　ちとせは脱力したように、ふっと息を吐いた。

「わたしもすごく不安だったよ。産婦人科で《おめでとうございます》って言われたとき、ぼんやり描いてた人生設計みたいなものが、全部崩れてしまったように感じた」

「……そうだよな。ちとせのほうが、不安だったよな」

「だからあの日、駿が喜んでくれなくて、わたし泣いたよ。ますます不安になっちゃったから。今日だって、会うのがすっごく怖かった。怖かったから、先延ばしにしてしまったくらい」

　仕事が忙しかったというのも嘘じゃないけど、とちとせは言い添える。彼女の気持ちが、駿には痛いほど理解できた。

「だけどね、自分のお腹に赤ちゃんがいるってわかった瞬間、わたしこの子のことがすごく愛《いと》おしいって感じたの。信じてもらえるかわかんないけど、たぶん母親ってそういう風に心が出来上がってるんだね。だから駿が何を言おうと、この子は産むって決めていた」

「それは、僕も同じだよ」

駿は言い切る。不安があったからといって、産まないという選択肢は頭をかすめさえしなかった。

「いまの駿の話を聞いて、わたし、安心した。わたしたち、確かにまだ若くて、未熟な部分がいっぱいあると思う。だけど、どんな親だって最初は初心者だもの。たとえいろんな失敗をしてしまったとしても、この子が幸せになってくれればそれでいい。そのために、わたしたち、精一杯がんばっていこう」

そう言って、ちとせはお腹を撫《な》でる。その柔和な微笑みに、母性が宿っているのを駿は見て取った。

「ありがとう、ちとせ」

「こちらこそ。ありがとね、パパ」

二人で笑い合う。駿は自分たちのいるテーブルのまわりだけ、ほのかに温度が上がったように感じた。

料理は素材の味が生きていておいしかった。滋養の面で妊婦の体にもよさそうだ、と駿は思った。

レストランをあとにする。車に乗り込んだところで、ちとせが言った。

「二十二時かあ。いつもなら飲み直す時間だけど、そういうわけにもいかないしね。どこへ行こうか」

緊張を押し隠しつつ、駿は提案した。

「行きたいところがあるんだ」

目的地を聞いて、ちとせはニヤリと笑った。「いいね」

そのまま郊外の道を車で小一時間ほど走り、着いたのは片原台《かたはらだい》の頂上にある展望台だった。地元の街並みが一望できる、夜景スポットとして特に名高い高台だ。

高校生のころ、二人が初めてのデートで来たのがこの片原台の展望台だった。爽やかに晴れ上がった初夏の日で、二人はバスに乗ってここまでやってきた。そして、駿が展望台でちとせに交際を申し込み、二人は恋人になったのだ。以来、ここは二人の思い出の場所として、ときおり訪れては昼の街並みや夜景を楽しむデートの定番スポットとなっていた。

展望台の駐車場に車をとめ、二人は降りる。すぐそばの短い階段を上ると、斜面に

せり出す形で設けられた展望台があった。深夜と言っていい時間帯に差しかかってお
り、すでにバスもないせいか人影はない。
柵に身をあずけたちとせが、弾んだ声で言った。
「わあ。きれい……」
駿も隣に並び、夜景を見下ろす。ここへ来るたび、普段は何気なく暮らしているこ
の街が見せる美しさに新鮮な感動を覚える。たくさんの灯《あか》りのひとつひとつが、人の
命がそこにあることの証だ。
ひとしきり夜景を観賞したあとで、駿はちとせのほうに向き直る。そして、ジャケ
ットの内ポケットに手を入れてから、その場にひざまずいた。
「ちとせ、愛してます。結婚してください」
ちとせが目を大きく開く。
駿の手のひらの上には、指輪のケースがあった。
「嘘。全然予想してなかった……」
ちとせは声を詰まらせる。駿は照れ隠しに笑って、
「急だったから、そんないいものじゃないけどさ。今日のところはこれで勘弁してほ
しい」
「ううん、うれしい。その指輪、はめてくれる?」

ちとせが左手を差し出す。その薬指に、駿は指輪をはめた。

左手をうっとり眺めたあとで、ちとせは礼儀正しく腰を折る。

「ふつつか者ですが、よろしくお願いします」

「三人で、幸せな家庭を築こうな」

「うん！」

ちとせが駿に抱き着いてくる。その細い体を、駿も力を込めて抱きしめた。

駿はいつまでもそうしていたい気さえしていたが、人の気配を感じたのでちとせから離れた。ほどなく若そうな男性が三人、展望台に上ってくる。声が大きく、じゃれ合うさまは楽しげで、手にはチューハイの缶を持っている。青春だな、と駿は思う。

抱擁を解いたことで、にわかに寒さが意識された。まだ十一月のこの時季でも、高台の気温は零度近くまで冷え込むことがめずらしくなく、すでに駿とちとせの吐く息は白かった。

「そろそろ帰ろうか」

駿が言う。ちとせはうなずいた。

階段を下りて、先ほどの若者たちが乗ってきたとおぼしきライトバンの前を通り過ぎ、車に戻ってエンジンをかける。フロントガラスに目を向けた駿は、ぶるりと身を震わせた。

「トイレ行きたいかも。冷えたからかな」

車の正面には、公衆トイレがある。

「行ってくれば？　すぐそこだし」

「んー、いや、いいや。ふもとまで我慢する」

「いいって。行ってきなよ」

迷ったが、駿はドアに手をかけた。

「じゃあ、すぐ戻ってくるから」

駿は車の外に出ると、ドアをバタンと閉め、そのままトイレへ向かった。

トイレの中は薄暗かったが、清掃は予想したよりは行き届いていた。小便器に向かって用を足していると、視線の高さに貼られたポスターに書かれた文章が目に入る。

〈片原台は、なぜ三霊山《みたまやま》ともいわれるの？

昔々、この山には大蛇が棲《す》んでいて、たびたびふもとの村に下りて悪さをするので、村の者は大蛇に懇願し、年に一度、村から娘をひとり献上する代わりに悪さをやめてもらうことになりました。

ある年、大蛇が山に献上されてきた女を襲おうとしたとき、村の男が現れて、女の前に立ちはだかりました。しかし、男はなすすべもなく大蛇に丸呑《まるの》みされ、女も食い殺されてしまいました。

その後、大蛇は突如苦しみ出し、やがて息絶えました。男は毒草を飲み込んで、自分の体ごと大蛇に呑ませたのです。村は平和になりました。

のちに男と女はひそかに愛し合っており、死んだ女のお腹の中には男との子がいたことがわかりました。村の人々は男の勇気を讃えるとともに、女を守れなかった悲劇を嘆き、三つの命が失われた山として、この山を《三霊山》と称するようになったのです。

なお、この三霊山の伝承は、現代ではヤマタノオロチ伝説が言い伝えられるうちにこの地方で変化したものと考えられています。

現在の片原台という名称は、一八八九（明治二二）年の市制施行にともない、この一帯を片原地区と称したことから用いられるようになりました。三霊山という名称は、公には使われなくなりましたが、いまでも地元住民のあいだでは根強く呼ばれ続けています。〉

読み終えた瞬間、駿は車のドアが開閉する音を聞いた。あれは自分たちの乗ってきたレンタカーのドアの音に相違ない。ちとせもトイレに行きたくなったのだろうか、と思う。

手洗い場で手を洗いながら、駿は目の前の鏡に映る自分の顔を見つめた。

その表情は、いままで見たことがないくらい、幸せそうだった。

――妊娠を知らされたときには不安や困惑が勝ったけれど、もう大丈夫だ。僕ら家族の未来はきっと、希望で満ちている。

にっこり笑って、駿はトイレを出た。

憧れの白い砂浜　友井羊

初出『5分で読める！　ひと駅ストーリー　夏の記憶・西口編』（宝島社文庫）

おはよう、ようやく意識がはっきりしてきたのね。長期冷凍睡眠《コールドスリープ》から目覚めてすぐは、ぼうっとしちゃうよね。さ、お薬をどうぞ。すぐ元気になれるわ。

ここはどこかって？　いきなりこの景色が目に飛び込んできたら、びっくりするわよね。もちろん地球に戻ってないし、他の惑星に到着したわけでもないわ。宇宙船はまだ航行の途中よ。

ねえ、見て。一面の青空と白い砂浜。どこまでも続くエメラルドグリーンの海。本当に地球にある、真夏の南の島にいるみたいでしょ。波の音に耳を澄ませてみて。心がゆっくりと穏やかになっていくから。

そうは言っても実際は、狭い部屋の壁に映像を流しているだけなんだけどさ。でもすごく綺麗《きれい》でしょ。娯楽用の映写装置が、こんな風に役立つなんて思ってなかったわ。

え？　どうしてあなたが目覚めたかって？　たしかに疑問に思うわよね。あなたは目的の惑星に到着したとき、調査のために起こされる予定だったから。

でも今は任務なんて忘れて、この楽園を満喫しましょう。こんな素敵な風景は、もうどこにもないんだから、せめて映像くらいはね。

ずっと、南の島に憧れてたんだ。

この景色は日本の南にある島の映像なの。神秘的なマングローブとか愛らしいイリオモテヤマネコとか、独自の生態系を保持していた貴重な場所だったんだよ。

あれ、もう起き上がれるなんて、すごいわ。選抜されてこの船に乗り込んだだけあるわ。体力的にも優れているのね。その骨太な体格なんて、ほれぼれしちゃう。

あっ、足元に気をつけてね。ふふ、やっぱり驚いた？　この砂だけは特別製なんだ。まるで本物の砂浜みたいでしょ。白くてサラサラで、ほら、こうやって踏むと、キュッて音がするの。部屋いっぱいに敷き詰めてあるんだよ。

ねえ、もう少し元気になったら、並んで走ってみないかな。追いかけっこをしたらきっと楽しいと思うの。まるで恋人同士みたいにさ。

あはは、自分で言っててちょっと恥ずかしくなってきた。実を言うと、あなたってかなり好みなんだ。別れた恋人にそっくりで、顔を見たときびっくりしちゃった。気の強そうな目も、尖《とが》った鼻も、髪の癖の感じもよく似てる。もしかしたら親戚だったりして。――って知ってる？　あら、そう。じゃあ違うか。

宇宙船に乗ることになったせいで、恋人とはお別れになってさ。仕方ないことだけど、苦しかったなあ。本気で好きだったんだよ。あの人のいる地球を助けたい一心で、この船に乗ったようなものなんだから。

え、何よ。話をさえぎるなんてひどいわ。あの人はあたしのどんな話でも、ちゃんと耳を傾けてくれたのになあ。資源惑星まであとどのくらいかって？　ふーんだ。そんなこと、どうだっていいじゃない。

あら、目の色が変わったわね。地球がそんなに心配なの？　あの末期症状の患者みたいにボロボロな地球が。

化石燃料もレアアースもほとんど採り尽くして、それでも資源を巡って戦争を繰り返してさ。環境汚染が進んで生きるのも大変なのに、医療技術の進歩のせいで人口はなかなか減らなくてパンク寸前。

各国が疲弊しきった時点でようやく休戦して。打開策として他の惑星に資源を求めることになって、あたしたちは星間航行船の乗組員として大宇宙に放り出された。

二百人近い人間の乗ったこの船は、言わば人類最後の希望ね。絶対に任務は失敗できない。そのくらいわかってるけど、今はあなたとのおしゃべりのほうが大事なの。

ふう、少し汗ばんできたな。湿度と気温を調整して、真夏の南の島に合わせたから当然なんだけどさ。せっかくだし、服を脱いじゃおうかな。南国なら開放的な気分にもなるよね。

ふふ、目を逸《そ》らすなんて結構うぶなのね。下着姿くらい気にしないでいいじゃない。見た目は大人っぽいけど、年齢は若いんだっけ。赤くなって、可愛《かわい》いわ。

やっぱりさ、一緒にこの砂浜で遊ぼうよ。もう動けるかな。あたしの手を取って、立ち上がってみようよ。ほら、いっせいの、せ！

きゃっ。……いたた。やっぱりまだ難しいか。倒れちゃったね。ほら、いつまであたしの上にのしかかってるの。重いからどいてよ。恥ずかしいじゃない。

この砂がそんなに気になるの？　えへへ、嬉《うれ》しいな。あたしの自信作なんだ。すっごく考えたんだよ。どうやったら青い空と白い砂浜、エメラルドグリーンの海を再現できるかなって。狭い宇宙船じゃ、空と海は映像を使うしかないよね。だからせめて砂浜だけは、ってがんばったんだから。

あたしの曾祖父《そうそふ》は日本の離島に住んでたらしいわ。そのせいもあって、あたしは子どものころから南の島の映像を繰り返し見てきたの。いつか行ってみたいと、ずっと願ってたんだ。

でも急激な気候変動のせいで海水面が上昇して、あのへんの海岸線沿いは沈んじゃったからね。この映像にあるような綺麗な場所に行ける可能性は、物心ついたときからなかったんだけどさ。

ふう、ようやく、どいてくれたね。なによ、あたしよりその砂が気になるのね。傷ついちゃうなあ。あの人なら、もっと……。えっ、これだけの砂をどうやって手に入れたかって？　うふふ、焦らないで。すぐにわかるわ。

ほら、飲み物はどう？　トロピカルフルーツジュースを作ってみたの。解凍した果物を贅沢《ぜいたく》に使ったから美味《おい》しいでしょう。さあ、ゆっくりおしゃべりを楽しみましょうよ。そのためにあなたを目覚めさせたんだから。

ねえ、星の砂って知ってるかな。南の島で採れる綺麗な星形の砂なの。日本だと沖縄の離島が有名でさ。あ、知ってるんだ。もう採れないから貴重だよね。それが小さな瓶に入れられて、我が家に残されていたんだ。

星の砂を眺めるのが大好きだった。じっと見つめていると、まるで青い空と海、そして星砂の白浜が脳裏に浮かぶようだった。

白い砂浜にずっと憧れてた。だから自分で作ったんだ。地球も消滅しちゃったし、一念発起ってやつかな。

そういえば、星の砂の正体って知ってる？

えっ、やだなあ。そんな変な顔しないで。うん、地球ならもうないよ。

どうしてって、そんなのあたしに、わかるわけないじゃない。

あたしは最初から起きた状態で船に乗り込んだの。数年後に後任が冷凍睡眠から目覚めるまで、数人がかりで機器の維持管理をする任務に当たってたんだ。

地球の状況も常にモニターしてたんだけど、ある日、妙な信号を受信したと思ったら完全に通信が途絶えたの。

あっ、そんな体でどこへ行くのよ。勝手に扉を開けないで。映像が台無しじゃない。這《は》うように動くのは疲れるでしょ。どうせ船内に動いている人間は誰もいないんだから、外に出てもつまんないわよ。

さっきの話の続きね。改めて状況を調べたらさ、地球が、なかったんだ。そう、何もなかったの。ついでに言うと月は半分えぐれてた。

コンピューターの推測は、反物質生成の実験に失敗した可能性が高い、だってさ。戦争のためかエネルギー問題の解決のためか、それとも知的好奇心の暴走かわからないけど、制御不能の巨大なエネルギーが一瞬で地球を飲み込んだみたいなの。

そうよ。人類が長いあいだ育《はぐく》んできた文化も文明も、歴史も、人々の営みも未来も愛も夢も希望も、友達も、家族も、大好きだったあの人も、何もかも消え去ったの。全部なくなったんだよ。あはは。世界はもう、終わったの。

あたしたちの任務は無駄になった。人生の大半を犠牲にする覚悟で宇宙船に乗り込んで、資源惑星までたどり着く意味はなくなったんだ。あはは。助けるべき存在はもうどこにもない。だって帰る場所はなくなったんだから。

地球が消えたとわかったとき、全身の力が抜けたんだ。全てどうでもよくなって、何も考えられなくなった。船の維持管理に当たってた数人も、みんな放心状態だったなあ。そう言えば、急に演説をはじめた人もいたよ。この船は人類に残された唯一の希望とか、あはは、暑苦しく主張してたっけ。

でもあたしは、全部どうでもよくなっちゃった。

そのとき真っ白になった頭に景色が浮かんだんだ。それは子どもの頃から抱いていた夢。映像で見ていただけの南の島を体験したいと思った。それ以外は何も考えられなくなった。

だから、小さい頃からの夢を実現させることにしたの。

ちょっと、いつまで這いつくばってるの。あまりその顔で情けない姿を見せてほしくないんだけどな。ほら、南の島に戻るわよ。こんな殺風景な通路なんてつまらないわ。あそこはこの広い宇宙で、最も幸せな場所なんだから。

人の気配がどこにもないって？　同じことを何度も言わせないで。もうこの船に人間はほとんどいないんだよ。冷凍睡眠をしていた人たちも含めて、ね。

駄々をこねないの。やだ、手を振りほどかないで。人間を引きずるのは大変なんだから。

ところで、さっきの質問の答えはわかったかな。星の砂についてだよ。ちゃんと話を聞いてってば。実は星の砂の正体は……、だから話をさえぎらないでって言ってるでしょ！　あのね、星の砂はとても綺麗だけど、あれは全部ちっちゃな生き物の死骸なんだ。それだけじゃなくて、白い砂浜も珊瑚《さんご》や貝殻の残骸なんだって。

そう考えると凄《すご》いよね。みんな死体を綺麗だって眺めたり、宝物にしてるんだから。

どうしたの。顔色が変だよ。なんでそんなに震えているの？　ひょっとして、みんながどこにいるかわかっちゃった？　なかなか察しがいいんだね。

人間の骨って高温で焼くとボロボロになるんだ。細かく砕くと、まるで砂みたいになるの。部屋を埋めるだけの白い砂を集めるのは、大変だったんだよ。

え、身体が痺《しび》れはじめた？　もう薬が効いてきたんだ。うふふ、そうよ。ジュースにこっそりとね。時間差で効果が出てくるように調整しておいたんだ。

あなたの顔を見たとき、本当にびっくりしたなあ。あの人に似ていて、しばらく涙が止まらなかった。ゆっくりお話がしたくて特別に目覚めさせたんだよ。他のみんなは眠らせたまま焼いたから。

ひさしぶりのお喋《しゃべ》りは楽しかったなあ。まるであの人と一緒に南の島にいるみたいだった。

でもあなたはやっぱり、あの人じゃなかった。あはは。だからさ、あなたもすぐに砂浜にしてあげるね。

さあ、楽園に戻ってきたわ。もっとよく見なよ。

青い空と、照りつける真夏の太陽。どこまでも澄んだエメラルドグリーンの海と、サラサラとした一面の白い砂。

ほんと、素敵だと思わない？

沼地蔵　乾緑郎

初出『「このミステリーがすごい！」大賞10周年記念　10分間ミステリー』（宝島社文庫）

先生。

暑い日が続いておりますが、いかがお過ごしでしょうか。

急なお便りで驚かれたことと思います。直接お会いしてご相談するか、そうでなければ電話かメールで済ませてしまおうかとも思ったのですが、迷った末に手紙を書くことにしました。何となく、それが相応《ふさわ》しい話のように思えたからです。

僕にとって最も信頼できる他者が、大学の恩師である先生なのです。ご迷惑かもしれませんが、この手紙をお読みいただけたら、何かご意見など伺えればと切に願っております。

ここまで書けば、もうお察しかと思いますが、お伝えしたいのは、以前、ゼミの飲み会で先生にお話しした、僕の子供の頃の記憶についてのことです。

そう。祖母の手で僕が殺されようとしている光景を、僕が見ていたという妙な出来事のことです。

実を言うと、僕は今、先生にお話しした、あの「向辺《むかべ》」という集落に来ています。おそらく十数年ぶりではないでしょうか。

事前に市内に一泊し、県立図書館で予《あらかじ》め郷土史などを調べてみましたが、面白い発見がいくつかあったので、織り交ぜながらお伝えします。

まず、集落の字《あざ》の名である「向辺」とは、元々は百足《むかで》の意だそうで、昔は繁殖期ともなると、交尾の相手を求めて湧いて出た赤黒い百足の群れで、道が埋め尽くされるほどだったということです。明治期までは、ムカデ油や漢方薬の蜈蚣《ごしょう》の原料の産地として、薬種を扱う商人たちの間では、よく知られていたようですが、周囲にダムなどができてからは環境が変わってしまったらしく、今では百足の数もすっかり減ってしまったそうです。

そういえば、向辺で小さな温泉宿というか、湯治場をやっていた僕の祖父母の家に泊まりに行くと、湯船に落ちて煮えて死んでいる赤黒い百足の死骸をよく見たものでした。

あの一件があるまで、お盆には祖父母の営む宿に遊びに行くのが、僕の家族の毎年の決まり事でした。日暮れ前や明け方には、近くの楢《なら》林でいくらでもカブト虫やクワガタが採れたし、流れの緩やかな清流もあり、鱒《ます》や鮎《あゆ》を釣ったり、水遊びをしたり、川縁でバーベキューをしたりと、祖父母の家に遊びに行くのを、僕は子供心に本当に楽しみにしていたものです。

今日、僕は久しぶりに向辺の地に足を踏み入れました。祖母が亡くなったからです。知らせてくれたのは村の民生委員さんでした。数年前に祖父が他界してからは、宿の客も数十年来の馴染《なじ》みの客以外は断るようになり、細々とした年金と僕の両親からの仕送りで暮らしていたそうです。

現実には僕はこうやって生きているわけですから、祖母の手で僕が殺されようとしている光景を見たというのは、何かの覚え違いなのだと思うのですが、あれほど僕のことを可愛《かわい》がってくれた祖父母は、その時以来、一度も僕に会おうとせず、僕が向辺に遊びに行くのも嫌がっていたということですから、やはりその時に何かあったのだとしか思えないのです。

残酷な話なので書くのも憚《はばか》られるのですが、先生にもお話ししたとおり、僕は（見ていたのも僕なので「僕」と書くのは何だか変な気もしますが）、祖母宅の庭先で、髪を摑《つか》まれ、大きな石に何度も頭を打ちつけられておりました。小学校の四、五年生の頃だと思います。

僕は二階の部屋からその光景を見ていました。

祖母が僕そっくりの男の子の頭を打ちつけていた石は、先生にもお話ししましたが、「沼地蔵」と呼ばれている石でした。地蔵とはいっても、見たところは一抱えほどの大きさの何の変哲もない丸石です。道祖神のようなものですらなく、祖父母も、普段は平気でそれに腰掛けて休んでいたくらいですから、ただの庭石なのだと僕は思っていました。

先生からご指摘いただいたとおり、やはりこの辺りには、双子を忌んで間引きする習慣が、かつてはあったようです。そのような地域には、双子の片割の頭を打ちつけて殺す専用の石があり、風習が廃《すた》れた後にも神体石として奉《まつ》られていたりすると先生はおっしゃっていましたが、「沼地蔵」がそういう石なのかどうかは、残念ながら僕にはわかりません。

額が石に当たる度に鳴り響く、ゴッゴッとした鈍い音と、鬼気迫る祖母の姿を見た後、僕は恐ろしくなって部屋の中で布団を被《かぶ》って震えていました。僕は一人でした。その頃は、もう小学校も高学年になっていたので、夏休みには一人で電車に乗り、祖父に駅まで迎えに来てもらって祖父母の家に遊びに行っていたのです。

先生は、こう推理しておられました。おそらく僕は、何かの拍子で祖父母から、かつてその集落に双子を間引く習慣があったこと、そして庭にある石が、間引きで双子の片割れを殺すのに使われていたことを聞き、恐ろしくて夢に見たのであろうと。殺されていた男の子が僕にそっくりだったのは、きっと双子の話を聞いていたからなのではないかと。

僕は兄弟もいない一人っ子ですし、念のため親にも確認し、戸籍も調べてみましたが、生まれた時には双子で片割れが死産だったとか、そういう事実もありません。双子を間引く話を聞いて怯《おび》えた僕が見た夢の話だという先生の説も、案外正解なのかもしれないとも思いました。でも、そうだとすると、その後の祖父母の僕への冷たい態度の意味がわからないのです。

翌朝、目覚めた時、僕も一度は、昨日の光景は夢だったのかと思ったのです。でも、朝食の席での祖父母にいつもの明るさはなく、口数も少なくて、何だか僕の様子を窺《うかが》うような目で見るのです。僕は明るく振る舞おうとしましたが、そうすればするほど、祖父母の顔は暗く沈んでいくのでした。その時に祖母が小声で呟《つぶや》いた言葉が、妙に僕の耳の奥に残っています。

――この子は、本当はどっちなんだ。

聞き間違いでなければ、祖母はそう言いました。

――どっちでも同じことだ。考えるな。

祖父は眉間に皺を寄せ、飯を口に運びながらそう言いました。朝食の後に、僕は「沼地蔵」がどうなっているかを見ようと思っていましたが、そんな暇もなく祖父に軽トラに乗せられました。買い物にでも行くのかと思っていたら、そのまま駅まで連れて行かれました。もう二、三日泊まる予定で来ていたので、僕はごねましたが、祖父は面倒な用事ができたからの一点張りで、荷物は後で送ると言われ、小銭と電車の切符を渡されて家に送り返されました。それが祖父母と会った最後でした。

実を言うと、先生、ここからが本題なのです。僕は今日、向辺に行き、祖父母がやっていた宿の整理をしました。田舎なのでなかなか親戚が行く機会もなく、形見分けなどもまだ済んでいないのです。

祖父の遺影がそのままになっていた仏壇の引き出しから、僕は一通の手紙を見つけました。祖母が僕に宛てた手紙です。祖父が亡くなった後の日付だったので、一人になってから書いたものでしょう。十数枚に亘《わた》って便箋に綴《つづ》られており、内容の殆《ほとん》どは僕に対する詫《わ》びの言葉だったのですが、祖母は文章を書くのは不得手だったようで、悪筆に加えて文意が不明なところも多々あり、今は概要だけをお伝えします。後々、先生にお会いした時に実物はお見せしますので、またご教示いただけると幸いです。

先ほど、この辺りには双子を間引く習慣があったようだと書きました。それに関する何やら込み入った因縁についても手紙には書いてありましたが、今は割愛します。

僕が見たのは、×××というものだそうです（忌み言葉なので余所《よそ》の者には教えてはならないと手紙に書いてあったので、念のために伏せ字にします）。

間引きされ、殺された双子が祟《たた》ったものだそうで、稀《まれ》に子供（この場合は僕ですが）が一人で遊んでいたりすると近寄ってくるのだそうです。

自分では覚えていませんが、宿の近くの清流で一人で遊んでいた僕は、この×××を連れて帰ってきてしまったそうなのです。もうおわかりかと思いますが、この×××というのは、双子が祟ったものであるせいか、姿形も、その内面や記憶も、取り憑《つ》いた子とそっくり同じだそうで、親兄弟でも見分けることはできないそうなのです。

厄介なのは、×××自身も、取り憑いた瞬間に自分が×××であったことを忘れてしまうことで、化けたり成りすましたりというよりは、ある瞬間から、まったく同じ人間が二人存在するような状態になってしまうのだそうです。

向辺では、子供が×××を連れて帰って来た時には、必ずどちらか片方を殺す決まりになっているそうです。×××は、元の子供の完全なコピーなので、どちらを殺しても同じことなのだそうです。

どう思いますか、先生。もちろん僕はこのような迷信は信じませんが、祖母の手紙を読んでいるうちに、疑問が浮かびました。

もし仮に、僕が×××だったとして、僕と出会った瞬間にそのことを忘れ、記憶や知識、そして体の構造までもが僕と全く同じものになってしまったのなら、もう僕は僕そのものであり、自分が×××であることに気づく術《すべ》はないのではないか、と。

祖母の手紙を読んでいるうちに、思い出したことがもう一つあります。

予定よりも早く向辺から家に帰ったその日の夕刻、僕は居間で、読みかけで栞《しおり》を挟んでいた夏休みの課題図書の続きを読んでいました。

不意に電話が鳴り、夕食の支度で手が離せない母の代わりに僕が出ました。

受話器の向こうから聞こえてきたか細い声に、僕はびっくりして、思わず通話を切ってしまいました。たちの悪いイタズラ電話だと思い、母には電話の内容は言いませんでした。

聞き覚えのあるその声は、切羽詰まった涙声で、確かにこう言ったのです。

――「お母さん、助けて」と。

それがもし、沼地蔵に頭を打ちつけられて瀕死《ひんし》の状態の僕が、何らかの方法を用いて、必死の思いで母に掛けてきた電話だったとするなら、それを聞いていた、そして、今ここでこうしている僕は、いったい何者なのでしょうか。

いいえ、そもそも「僕」とは、何を指す言葉なのでしょうか。

今ひとたび　森川楓子

初出『もっとすごい！　10分間ミステリー』（宝島社文庫）

このたび、世間を震え上がらせた一連の残酷な事件の犯人が捕まったと聞いて、心の底から安堵《あんど》いたしました。

この半年あまりの日々、幼子をもつ親御さんたちはどれほど怯《おび》え、怒りを募らせてきたことでしょうか。子供たちは外出を控えるようになり、公園で遊ぶ子らの可愛《かわい》い姿を目にすることもめっきり少なくなっておりました。子供たちの声がようやく街に戻ってくるかと思うと、それだけで胸がいっぱいになります。捜査関係者の方々の執念が実を結んだこと、一市民として本当に感謝しております。

犯人が逮捕されたと申しましても、むごたらしく奪われた四人の幼い命が帰ってくるわけではありません。ご遺族の苦しみ、哀しみは、生涯癒やされることはないでしょう。胸が張り裂ける想いがいたします。

殺されたのは、男の子が一人、女の子が三人……いずれも四歳から五歳の、無力な幼児ばかりでした。犯人は、子供が喜びそうなおもちゃを用いて興味を引き、自室に連れこんで犯行に及んだと聞いております。疑うことを知らぬ子供らの好奇心を利用した、あまりにも卑劣な犯行方法ではありませんか。考えるだに鳥肌が立ちます。

……板東《ばんどう》？　それが犯人の名前でしたか。板東光男《みつお》……ですか。はあ……。

いいえ、失礼しました。そのような名前など、私にとってはまったく意味がないのです。あのような鬼畜に、人の名前を与えることすらおぞましい。ただ「犯人」とのみ呼ばせていただきます。

犯人が供述しているという犯行動機は、まともな人間には理解不能な、身勝手きわまりないものです。自分が恵まれない幼少時代を過ごしたから、いじめられっ子だったから、友達ができなかったから、女性と付き合えなかったから……その鬱憤のはけ口を、抵抗できない幼児に向けるなんて。同情の余地などありません。ご遺族の皆様が願ってらっしゃる通り、極刑をもって償ってほしいと思います。

世の中には、死刑廃止を訴える人々がいます。いわく、冤罪《えんざい》の可能性がぬぐいきれないとか、どんな犯人にも更正の可能性はあるとか、犯罪者にも人権があるとか。私に言わせれば笑止です。

今回の事件に関しまして、冤罪の可能性はございません。犯人の自宅から多数の証拠が見つかっている上、本人も罪を認めており、犯人しか知り得ない情報をいくつも明らかにしているそうですからね。

人権やら更正やらいう美しい言葉も、私の神経を逆撫《さかな》でするだけです。幼い我が子を奪われた親が、犯人の更正など望むものですか。人らしく生きる権利など、与えてやりたいものですか。遺族の望みはただ一つ、鬼畜の死だけです。かなうことなら、この手で縊《くび》り殺してやりたい。できるだけ苦しみを長引かせながら……！

失礼いたしました。つい興奮しすぎたようです。弁護士の先生を前に、不穏当なことを申し上げました。

ご遺族の方々の苦しみや憎しみは、私にとって、他人事《ひとごと》ではないのです。新聞やテレビで、うつろな目をした犯人の顔写真を見るにつけ、あの日のことが思い出されてなりません。ごく平凡で幸せだった私たちの家庭が、おぞましい犯罪者の手によって粉々に砕かれたあの日。

昌也《まさや》は、結婚九年目にしてやっと授かった子でした。

私はもともと体が丈夫でなく、二度の流産を経験しておりました。半ば諦めかけていたところに、三度目の妊娠です。もしや、今度もまた……と悪夢に怯えながら、いくつもの神社に安産の祈願をし、山ほどのお守りをいただいて参りました。その御利益のおかげか、生まれてきてくれたのは健康そのものの男の子。私も主人も、ただただ涙を流して喜びました。

昌也という名は、主人の父から一文字いただいて付けました。主人の両親と私の仲は、決して良かったとは言えません。が、昌也の誕生をきっかけに、義父も義母も人が変わったように私に優しくしてくれるようになりました。浮気性だった夫は、すっぱりと女遊びをやめて、毎晩まっすぐ家に帰ってくるようになりました。陰気だった我が家が、あの小さな赤ちゃん一人のおかげで、笑いの絶えない明るい家庭に生まれ変わったのです。奇跡のように幸せでした、本当に……。

私たち家族の愛情につつまれて、昌也はすくすくと成長しました。人なつっこくて、可愛い子でした。親のひいき目ではありません。ご近所の方々もみんな、「こんな愛くるしい子は見たことがない」と口を揃《そろ》えて言ってくれました。

可愛いだけでなく、とても心の優しい子でした。薬局の店先に置いてあるカエルの人形が、雨に濡れているのがかわいそうだと言って、傘を差しかけてやるような。あの子のそんな微笑《ほほえ》ましい姿を見るにつけ、切ない想像をしたものです。いつか昌也は、カエルではなく可愛い女の子に傘を差しかけるようになるのだろう。今は「ママが世界一大好き」と言ってくれる昌也も、いずれはその言葉を他の女性に向けるようになるのだろう。そんな日が来るのが、少し恐ろしい……。

今にして思えば、むなしいことでした。昌也がガールフレンドを私に紹介してくれる日なんて、永遠に来なかったのですから。

昌也を失って、私たちの生活は崩壊しました。

おまえが昌也から目を離したせいだと、主人も義父母も、私の実の両親までも、私を責め立てました。まるで私が、この手で我が子を殺《あや》めたかのように。

夫は以前の愛人とよりを戻し、めったに家に帰ってこなくなりました。義父母は、昌也の写真やおもちゃを抱きしめては、毎晩むせび泣くばかりでした。

昌也を奪われてから一年後、私たちは離婚いたしました。夫はその後、愛人と再婚したものの、酒が過ぎて体を壊し、数年前に亡くなったと聞いております。義父母については、消息も何も存じません。もはや、赤の他人ですから。

私ですか……？　私は再婚せず、今日まで独りで暮らしております。パートの稼ぎと実家からの援助のおかげで、なんとか食べてはいけます。

パートのない日は、一日じゅう部屋にこもって、昌也の服やおもちゃに語りかけて過ごします。あの子のものは処分できなかったのです。破れた落書き帳や、折れたクレヨンまで……何一つとして、捨てる気になんてなれませんでした。

話が先走ってしまったようです。あの日のことをお話ししましょう。

私はいつものように、昌也を連れて近所のスーパーに買い物に行きました。私が魚を選んでいるほんのわずかな間に、あの子はいなくなったのです。

最初は、お菓子の売り場にでも行ったのだろうと軽く考えておりました。けれど、そこに昌也の姿はありませんでした。

昌也を呼ぶ私の声は、だんだん大きくなりました。ついには半狂乱になって子の名を呼ぶ私を、買い物客たちが怪訝《けげん》そうに眺めておりました。

店内に、迷子の放送を入れてもらいました。その子なら、女と一緒に歩いているのを見たという証言をする人が出てきました。

防犯カメラには、中年の女性がぬいぐるみのような物をちらつかせて、昌也に話しかけている姿が映っていました。人なつっこい昌也は、愛想のいい女性の笑顔に、なんの警戒心も抱かなかったことでしょう。女が昌也の手を引いて歩く姿は、周囲の人には、まったく違和感のない親子連れに見えたはずです。

女と昌也が店を出て行くところが、カメラに映っていました。翌日、昌也の衣類と靴が河原に捨てられているのが見つかりました。

それきりです。犯人の手がかりも、昌也の行方も、何一つつかめないまま日が過ぎてゆきました。

昌也を想って泣き崩れた日々が、今では幻のように思えます。一年が過ぎ、二年が過ぎ……私の涙は涸《か》れ果てました。

昌也の消息がまったくつかめないことが、かえって私の慰めになりました。

悪い報《しら》せがないということは、あの子はきっと生きているのだ。防犯カメラに映っていたあの女は、子供を殺すつもりではなく、ただ昌也が可愛かったから連れ去ってしまったのだ。だから昌也は、大事に匿《かくま》われて、のびのびと成長しているに違いない。

私が見上げる、この空の下で。あの子もきっと、私と同じ雲を見上げているのだ。そう考えて、自分を支えて参りました。

——二十年という月日が、どうしても信じられずにおります。私の中で、昌也はあどけない幼児のままなのです。

二十年の歳月を経れば、あれほど顔が変わるものなのですね。当然とはいえ、困惑いたします。私の昌也は、くりくりと大きな目をした明るい子でしたのに。報道された犯人の写真は、うつろな目をした醜い男でしたから。

けれど、一目でわかりました。目の下に薄いアザがありますでしょう。それがあの子の特徴です。いえ、アザなどなくても、見間違うはずがない。私は昌也の母ですから。

幼児連続殺人事件の犯人が逮捕されたことにより、二十年前の誘拐事件も解決の糸口が見えて参りました。あの子を育てた女が、供述を始めたそうです。事故死した我が子に、昌也がよく似ていたから、可愛くて連れ去ってしまったのだと。

本人は誘拐された記憶がなく、実の両親のことも覚えていないと言っていると聞きました。本当でしょうか？　あの子は本当に、自分をさらった女を、実の母と信じてきたんでしょうか？　おなかを痛めてあの子を産み、四年間、あれほど慈しんで育てた私のことを忘れて？

どうしても信じられないのです。あの子と……いえ、板東……でしたか。それが今のあの子の名でしたか。その鬼畜と話をさせてください。

何を話すのか……？　いえ、それはわかりません。あれはもはや、私には理解不能な怪物になり果てていることと覚悟しております。

それでも、今いちど、会いたいのです。ただそれだけです。

許されるならば、差し入れをさせていただけないでしょうか。あの子が大好きだった「ママのバナナケーキ」を、一口だけでも食べさせてやりたいのです。

今ひとたび。

どうぞ、お願い申し上げます。

誰にも言えない拷問の物語　蒼井碧

初出『3分で読める！　誰にも言えない○○の物語』（宝島社文庫）

「数十年に一度の大雨」という謳《うた》い文句を毎年のように聞かされるこの国において、水難事故の死亡率は交通事故のそれを遥《はる》かに上回る。つい先日も、冠水した道路で乗用車が水没し、取り残されていた男女二人が病院に救急搬送されたのち、まもなく死亡が確認されたらしい。

いざ車が水没すると人はパニック状態になる。脱出のためドアを開けようとしても水圧によって阻まれ、中に閉じ込められてしまうのだ。沈むまでに行動を起こせるか、冷静さを保ち続けることができるかが生死の分かれ目となる。

朝の報道番組内で、名物司会者がそう語るのを私は漫然と眺めていた。

推理作家という触れ込みで活動を始めてからしばらく経《た》つ。自らの経験則だけでなく実際に世の中で起きている事件や事故から着想を得ることも多いが、このところ創作意欲を刺激するような派手な騒ぎがまったくない。友人にそんな愚痴をこぼしていると、気晴らしでもどうかと勧められた。何でも都内の博物館で一風変わった展示をやっているらしい。

何でも、地域や時代を問わず、さまざまな兵器や拷問器具、処刑器具のレプリカが一堂に集められており、望みがあれば実際の拷問がどのように行われていたのかを、その身をもって体験できるのだという。長年の友人に、被虐趣味があると勘違いされていることに驚愕《きょうがく》しつつも、自らの作風には合っているのかもしれないと思い直す。

ひとまず礼を述べると、友人は最後に、「苦悶《くもん》の梨」を使ったときにはぜひ感想を教えてくれと言ってきた。誰がやるか。

その日はちょうど予定も空いていたため、軽く身支度を整えてから家を出た。昨夜から天気が崩れていたためか、八月の終わりにしてはかなり肌寒い。普段着に、やや厚手のコートを羽織ってから、まっすぐ博物館へと向かう。

平日の真っ昼間、展示会場にはほとんど人の姿は見られなかった。いや、仮に休日だったとしても盛況とは程遠かったのではないか。薄暗い会場内には、無機質で物々しい拷問器具やらがずらりと陳列されている。とてもではないが恋人や家族を連れてくる気にはなれない。

まず目を引いたのは、直立した棺《ひつぎ》状の女人像だ。大人が一人収まるくらいの空洞があり、棺の内側にはびっしりと鉄の釘《くぎ》が打ち込まれている。鉄の処女「アイアンメイデン」という名で知られるその人形は、今でこそ中世の拷問器具の代表格となっているが、空想上の産物と唱える者も少なくない。

鉄人形の横には、紀元前のシチリアで作られたという「ペリロスの牛」が置かれていた。現物は真鍮《しんちゅう》製の牛の像で、胴体に閉じ込めた人間を、牛の腹下から火あぶりにしていたというのだからぞっとする。

ほかにもフランス革命期に多用された断首台「ギロチン」や、古代ローマや三国時代の中国で重用されていたという「投石器」などの模型が飾られていた。正直、ここに来るまではあまり期待していなかったが、それぞれの兵器や拷問器具が戦乱の中でどのように生まれ、発達していったのかを辿《たど》る過程は興味深く、私は思いのほか夢中になっていたようだった。

そのため、いつの間にか誰かが背後に立っており、こちらに話しかけてきたことに最後まで気付かなかった。

「こういったものにご興味があるんですか？」

慌てて振り向くと、そこには一人の男が立っていた。歳は四十か五十か、少なくとも私より年上には違いない。この陰鬱な会場には似つかわしくない柔和な笑みを浮かべている。

「突然お声がけしてすみません。その、かなり熱心に見学されていたもので、つい」

男は時任《ときとう》と名乗った。彼いわく、この博物館の職員であるらしい。こちらも素性を明かすと、「ほう、作家さんですか」と、俄然《がぜん》目を輝かせてくる。

「拷問器具の素晴らしさが分かるとは、先生もお目が高い。よろしければ、こんなものよりももっと面白いものをお見せできますが」

時任は会場の隅に置かれていた三角木馬を顎でしゃくって示しながら言った。断る理由もない。私が応じると、時任は「ついてきてください」と微笑《ほほえ》み、そのまま会場を出て行ってしまった。一瞬面食らったが、私も後を追いかけた。

歩かされること十数分、時任は裏路地に佇《たたず》む雑居ビルの一つに入っていった。続いて私も踏み入ったが、そこには予想していたものはなく、フロアの端の方にアクアリウムで用いられるような大型水槽がぽつんと置かれているだけだった。水槽には縁まで水が貯《た》められているが、観賞用の水草や魚の姿はない。怪訝《けげん》に思って時任に尋ねると、「先生にお見せしたいものは二階にあります」と返される。

言われるまま階段で二階に上がると、そこには先ほどの展示会場と同じように、怪しげな雰囲気をまとった器具の数々が散乱していた。

部屋の向かいには、先端が輪っか状になったロープが天井から垂れ下がっている。

驚いたのはその真下、床の部分だ。

「開閉式の床です。これを引っ張ると、ほら」

時任の手の動きに合わせて、床が閉じたり開いたりを繰り返す。これは死刑執行用の絞首台だ。あまりの不吉さに思わず目を逸《そ》らすと、椅子のようなものが目に入った。よく健康診断などで用いられる座高計のような形をしている。私の視線の先に気付いた時任が説明してくれた。

「それは『ガローテ』ですね。拷問する人間を台の上に座らせてから、首の位置にある金具を巻いて動けないよう固定します。この金具はハンドル式になっていて、回すと首が絞まる構造になっているんですよ」

試してみますか、と聞いてくる時任に私は首を振った。

部屋の壁には、目と口の部分だけに穴が開けられた革袋や鉄仮面が飾られている。

「『ウォーターボーディング』というと先生には覚えがないかもしれませんね。日本でいうところの水責めですよ」革袋の一つを被《かぶ》りながら時任が言った。

「このように袋を被せた状態で、頭部が下になるよう対象を逆さまにして、穴の開いた部分から鼻や口に直接水を注ぎこむんです。逆さまの状態だと、咽頭反射によって嗚咽《おえつ》が生じ、強制的に肺から空気が排出されます。よく映画とかであるような、頭を抱えて水桶《みずおけ》に突っ込ませる方法よりも、効率的に溺死の感覚を与えられるのですよ」

袋を被っているため、時任の表情は読めない。心なしか、穴の奥の瞳が妖《あや》しく光っているように見えた。そろそろ潮時かもしれない。慎重に言葉を選びながら退去を申し出ると、焦ったように袋を脱ぎながら「最後に一つだけ」と制止される。いったん部屋の奥に消えた時任は、ほどなくして、目を疑うようなものを牽《ひ》いてきた。

「先生にはこっちの木馬の方がお気に召すかと思いまして」

文献では何度も見たことがあるが、その実物を、いや模型でさえ直接目の当たりにするのは初めてのことだ。

それは全長二メートルほどの「トロイの木馬」だった。古代ギリシアにおいて、スパルタなどとトロイアの間で勃発したトロイア戦争に登場する、伝説の兵器。トロイア戦争の存在自体、いまだに神話かどうかの答えが出ていないため、トロイの木馬が実在していたかどうかも想像の域を出ない。しかし、難攻不落のトロイア城を落とすべく、木馬の中に潜んでいた兵士が敵軍を内側から瓦解させた逸話《いつわ》はあまりにも有名だ。

しかし胸に渦巻く興奮と共に、私は何かがおかしいと感じていた。得体の知れない違和感がこびりついて離れない。

「逸話の通り中は空洞になっています。成人男性が身を屈《かが》めてやっとの広さですがね。どうです先生、一度だけ入ってみては？」

時任の囁《ささや》きがぬるりと耳に入り込んでくる。危険だと、頭の中で理性は警鐘を鳴らしていた。しかし抗《あらが》えない。未知の体験への欲求、渇望、探究者としての本能には。

私は浮かされるように木馬の胎内に潜り込み、そして扉が閉ざされた。

先ほどまでの薄暗さとは一線を画し、そこは完全なる暗闇だった。聞こえるのは自らの息遣いと早鐘を打つ心臓の鼓動だけ。蹲《うずくま》った体勢のまま、私は覚悟を決めてひたすらに待つ。遥か昔、この木馬の中で息を潜めていたであろう兵士のように、間もなく訪れる戦いの瞬間に備える。

直後、木馬は前進し、私は胃袋がすぼむような感覚と共に、奈落へと落ちていった。

＊

二時間後、階上から降りてきた時任はビルの一階にある水槽の中に立っていた。すべての水が抜かれた水槽には、雫《しずく》をまとったトロイの木馬が光り輝いている。時任は鼻歌混じりに、愛馬の首を撫《な》でさすった。拷問器具は使われて初めて輝きを放つ。とりわけ自ら考案した拷問器具で命を奪う喜びは、何物にも代えがたい。

計画は完璧に遂行された。木馬は今、窒息死した憐《あわ》れな若造を孕《はら》んでいる。

二階に設置された木馬に人間を閉じ込めて、絞首台まで押し運び、開閉式の床から一階へと落とす。絞首台の真下には水槽が置かれており、木馬は一瞬で水中へと沈んでいく。水圧により、内側から扉を開くことはできない。やがて酸欠状態になり、獲物はもがき苦しみながら死んでいく。いったい彼はどんな苦悶の表情を見せてくれるのだろう。もう我慢の限界だ。時任はひと息に扉を開けて中を覗《のぞ》き込んだ——が、

（誰もいない——）

全身が総毛立つ。慌ててもう一度、念入りに中を確認するが、無駄だった。文字通りのもぬけの殻だ。

「莫迦《ばか》な、あいつはどこに消えた……」放心状態で呟《つぶや》いた次の瞬間、いきなり後ろからロープで首を絞められる。滅茶苦茶に暴れながら背後に目を遣《や》ると、殺したはずの男と目が合った。全身ずぶ濡《ぬ》れだが、紛れもなく生きている。

「ぐうっ……⁉」

「お、お前、どうやって……」

「二階にあった器具はすべて、相手を窒息させたり溺死させるものばかりだった。トロイの木馬は異質すぎる。それが違和感の正体だった」

淡々とした声が逆に恐怖を煽《あお》る。時任は口から泡を噴いて悶《もだ》えた。

「そこで考えた。トロイの木馬を窒息死させるための凶器として用いるとして、どうすれば最も合理性と芸術性の均衡が図れるか、そんなこと想像に難《かた》くない。私もあなたと同類の加虐趣味者、人の皮を被った殺人鬼なので、ね」

男の声が段々と遠くに聞こえてくる。

「扉を閉めるとき、密閉状態を避けるためコートの裾を挟んでおいた。案の定、木馬は水槽に落とされ、扉の隙間からは内側へと水が流れ込む。外側と内側の水圧差が少なくなれば、脱出は可能だ」

（こいつ、俺を油断させて殺すためにわざと木馬に入ったのか――）

時任は意識を失う間際に悟った。

この最期の責め苦について、自分にはもはや誰に伝えることもできないのだと。

Csのために　喜多喜久

初出『もっとすごい！　10分間ミステリー』（宝島社文庫）

とある日曜日、僕は兄に呼び出され、彼の自宅を訪れていた。

「よう。実験で忙しいのに悪いな」

兄は笑顔で僕を出迎えた。彼の職業は刑事で、しかも殺人事件を扱うような部署にいるのだが、昔と変わらず表情は柔和である。犯人になめられやしないかと心配になるほどだ。

「まずはこれを見てくれ」

リビングのソファーに腰を落ち着けるなり、兄が一枚の写真を取り出した。見覚えのある本の裏表紙が写っている。大学の講義でよく使われる、ポピュラーな化学の教科書だ。

「そこに、表が写ってるだろ。化学で使う……なんて言ったっけ」

「周期表ね」

周期表は、元素を原子番号と電子配置に基づいて分類したものだ。物質を扱う学問を研究する者にとっては基礎中の基礎である。

「学校で習ったでしょ」

「そうだったかな。名前はまあ、どうでもいいんだ。それより、ここを見てくれ」

兄が写真の中ほどを指差した。よく見ると、まるで心待ちにしている誕生日を示すかのように、周期表の中のある元素に赤丸が描かれていた。

原子番号55、元素記号Cs。元素名セシウム。二〇一一年に発生した東日本大震災以降、知名度が——悪い意味で——高まった元素だ。

「赤は血の色だ。被害者の男性が、自分の血を使って丸を付けたらしい」

「それって、あれだよね。ミステリーとかに出てくる……なんて言ったっけ」

「ダイイング・メッセージな」兄がお返しとばかりにドヤ顔で言う。「二日前に、ウチの管内で殺人事件があった。これはその現場の写真だよ。被害者は、元素記号を使ってなんらかのメッセージを残そうとしていたんだ」

「ふうん。それで僕が解読者として呼ばれたわけ？」

兄は「専門家の意見が聞きたくてな」と頷《うなず》き、資料を差し出した。被害者は、都内の某理科大学に通う大学四年生。僕の一つ下か。名前は伏せられていたが、学生証のコピーが貼ってあった。白黒ではあるが、それでも十分に男前だと分かるほど、目鼻立ちがしっかりしている。

「若手実力派俳優、って感じの顔つきだね。女性にモテそう」

「なかなか鋭いな。実はその通りなんだ。彼は優れた容姿をフルに活用する術《すべ》を知っているタイプの人間だった。学内でもプレイボーイで有名だったそうで、これまでに相当な数の女性と付き合ってきたらしい」

「へえへえ。恋愛と実験の両立とくれば、そりゃ、さぞ忙しかったでしょうねえ」

「ひがむな、ひがむな」兄は苦笑して言った。「現場は彼の自宅マンション。死因はナイフで腹部を刺されたことによる失血死だ。帰宅した直後に、玄関で襲われたようだ。部屋まで這《は》っていって、例のメッセージを残し、そこで力尽きている。ちなみに、マンションの入り口の防犯カメラに、こんなヤツが映っていた」

映像からプリントしたものだ、と兄が見せてくれた資料には、真っ黒なパーカーを着た人物が映っていた。フードを目深に被っているので、顔は見えない。

「とまあ、概要はこんなところだ。どうだ、なにか閃《ひらめ》いたか」

僕はソファーに背中を預け、「うーん」と頭を搔《か》いた。

「期待してもらってるところ悪いんだけど、生きるか死ぬか、って時に化学のことなんか考えないと思うんだよ。つまり、記号として扱おうとした、っていうのが普通の発想だと思うんだよね。『C』と『S』だから……ベタだけど、イニシャルとか」

「やっぱり、そういう意見になるか」兄はため息をついた。「捜査会議でも、犯人の名前なんじゃないかって案は出た。実は、被害者には蝶野《ちょうの》志穂《しほ》という恋人がいる。……あ、今のは仮名だってことにしておいてくれ」

「ならそれで決まりじゃないの。『C』で始まる苗字って、割と少ないよね」

「そうなんだ。被害者の交友関係をひと通り調べてみたが、C・SとS・C、どちらについても、該当する人物は他にはいなかった」

「彼女のアリバイは？」

「見事にない。一人で自宅にいたそうだ。犯行は十分に可能だ」

僕は首をかしげてみせた。

「じゃあ、何が問題なの？」

「動機だよ」兄が眉間にしわを寄せた。「二人は極めて仲がいい恋人同士だった。事件の数日前には彼女の実家に挨拶に行っている。周囲には、彼女と結婚すると宣言していたそうだ。もちろん、彼女は犯行を否定している」

「犯人は別にいて、メッセージには別の解釈があるんじゃないか、ってことね」

「ああ。セシウムの性質に関係してる可能性もあるだろう」

「性質、ねえ。電気陰性度が最小で、常温で液体……関係ないか。元素番号が55だから、犯人の年齢が五十五歳とか？　それか、五月五日が誕生日の人が犯人とか」

「ふむふむ」頷きながら兄はメモを取っている。「他にはないか。俺はよく知らないんだが、セシウムっていうのは、毒性が強いんだろう」

「そんなことないよ」

「でも、そういう報道を耳にしたことがあるぞ」

「……なるほど、そういうことか。やっと僕が呼ばれた理由が分かったよ。専門家っていうのは、原子力関連の研究をやってるって意味だったんだね」僕は首を横に振った。「でも、それは大きな誤解だよ。ナトリウムやカリウムの仲間なんだから、セシウムそのものは毒じゃない。ウランの核分裂で放射性セシウムが生まれた、ってだけだよ」

「そうなのか?」

「そうなんです」兄の無知っぷりに、ついついイヤミっぽい口調になってしまう。「そりゃ、放射線は人体に有害だけど、ばらまいたのは人間の方じゃない。元素そのものには何の非もないでしょ」

「まあ、それはそうなんだが」と兄は汗を拭うポーズを取る。

「セシウムだけじゃないよね。水銀、カドミウム、ヒ素……毒性がある元素を悪者扱いしてどうするのさ。使う側に問題があるに決まってるじゃない。化学を学ぶ人間としては、そういうの、すごく腹が立つんだよね」

例の原発事故以降、ウチの研究室もいろいろな批判を受けた。まっとうな意見は一割、残りの九割は根拠に乏しい誹謗《ひぼう》中傷だった。そもそも、僕の研究は放射性廃棄物の処理法に関するもので、原子炉の設計に関わっていたわけではない。お門違いも甚《はなは》だしい。

「ホント、ひどい話だよ。勝手なレッテル貼りをされる元素の身にもなって……」

その時。科学に対する誤解と報道の問題について滔々《とうとう》と語ろうとしたところで、僕の脳裏にある可能性が唐突に浮かんできた。

セシウムに対する汚名。付き合っている彼女。顔の見えない犯人。そして、華麗すぎる女性遍歴――。

「どうした、急に黙り込んで。腹でも痛くなったか」

不思議そうに顔を覗《のぞ》き込んでくる兄に、僕は言った。

「……被害者の考えてたことが分かったかもしれない」


数日後。夜更け過ぎに大学でベントナイトの変質に関する実験をしていると、兄から電話があった。

「お前の読み通りだった」開口一番、兄はそう言った。「犯人を捕まえたぞ」

「早かったね。場所は、やっぱり彼女の自宅の近く？」

「ああ。お前の指示通りに張り込みをしてたら、のこのこ姿を見せてくれた。明らかに挙動不審だったからな。声を掛けたら素直に罪を認めたよ」

兄は嬉々《きき》として、犯人を確保した時の話をした。幸い、怪我《けが》人は出なかったとのことで、僕はほっと胸を撫《な》で下ろした。

「そっか。誰も傷つかずに済んでよかったよ。少しは役に立てたみたいだね」

「身内相手に謙遜《けんそん》するなって。少しじゃなくて、かなりだよ。警視総監賞は無理かもしれんが、そのうちメシをおごってやるよ。せいぜい腹を空かせておけよ」

うきうきした調子で言って、兄は電話を切った。

間に合ってよかった。僕は安堵《あんど》と充足が混じり合った吐息をこぼして、本棚から化学の教科書を取り出した。被害者が持っていたものと同じ本だ。

——死にかけてるのに、とっさによく思いついたよな、こんなこと。

分厚い本を裏返し、死の直前、彼が抱いた思考をトレースするように、周期表の左端の列を指でなぞる。

犯人はフードで顔を隠していた。おそらく、被害者も、誰に襲われたのか分からなかったのだろう。だが、彼は自分が恨まれる理由に心当たりがあった。動機は嫉妬で、次に狙われるターゲットも分かった。だが、出血多量で意識朦朧《もうろう》、とてもじゃないが、本人に連絡して危険を告げるほどの余裕はない。だから、彼は目についたところにあった周期表に——『Cs』の二文字にすべてを託すことにした。あれだけ有名になったのだ。きっと被害者は、蝶野さんのイニシャルがセシウムと同じであることを普段から意識していたのだろう。

死の淵《ふち》で残すくらいなのだから、このメッセージは、犯人の名前を示しているに違いない——警察がそう考えてくれれば、イニシャルが一致している蝶野さんは監視対象になる。周りに人がいれば、犯人も簡単には手を出せなくなる。あるいは、彼女を殺しに来た犯人を捕まえられるかもしれない。

さすがにそこまで読んでいたかは分からないが、結果としては彼の期待通りに事態が動いたことになる。ちなみに犯人は、被害者が蝶野さんの前に付き合っていた女性だったそうだ。

謂《いわ》れなき汚名を着せられた元素。彼はそこに込められた負のイメージを逆手に取って、恋人を守った。科学に対する誤解を最大限に活用したわけだ。

なるほど、悪いイメージにも、それ相応の使い方があるらしい。

僕は「ふう」と嘆息して、ぐいっと白衣の袖《そで》をまくった。文句を言ってばっかりじゃ始まらない。セシウムの名誉のためにも、僕は僕で自分にできることをやらねば。

手首賽銭　上甲宣之

初出『5分で読める！　ひと駅ストーリー　冬の記憶・東口編』（宝島社文庫）

『神社の賽銭《さいせん》箱から女の手首。変死体が発見される』――

二〇一四年一月二日　毎朝新聞

一月一日・午前八時頃、兵庫県たつの市龍野東《たつのひがし》にある天元《てんげん》神社で、「賽銭箱に血が付いている」と、初詣に訪れた参拝客から一一〇番通報があった。兵庫県警たつの署員が駆けつけ詳しく調べたところ、賽銭箱の中から人間の手とみられるものが発見された。出てきたのは手首から先の左手。兵庫県警が付近を捜索した結果、現場から少し離れた奥の院の拝殿の床下で、女性があおむけになって死亡しているのが見つかった。壊れた床下から発見されたのは、天元神社で巫女のアルバイトをしていた神林千《かんばやしち》尋《ひろ》さん（一八歳）。千尋さんの左手首は切断されており、死後一日が経過しているとみられる。同署は詳しい死因を調べるとともに、殺人事件としてたつの署に捜査本部を設置する方針を決めた。現場の状況から、何者かが千尋さんを殺害し、手首を切断して持ち去って賽銭箱に遺棄したものとして調べが進められている。

付近は夜間、人通りが少ないという話で、千尋さんが亡くなった三十一日の夜は、大みそかに行われる〝年越の大祓《おおはら》い〟の儀式が行われている最中だったという。

『賽銭箱の手首事件　取り調べ中、宮司が自殺』――

二〇一四年一月三日　毎朝新聞

兵庫県たつの市で発生した神社死体遺棄事件で、事情聴取を受けていた宮司・神林正秋《まさあき》（四九歳）容疑者が、県警本部の取り調べ室で自殺を図り、搬送先の病院で死亡が確認された。県警の発表ではボールペンで喉を突いたことによる失血死で、男は被害者の伯父にあたる。

妙に静かで、冷え込みが一段と厳しい朝だった。昼前から白い花弁《はなびら》のような雪が大気の中を舞っている。百地徹也《ももじてつや》は天元神社の参道へと続く石畳の前で、パトカーから降り立った。使い古したジャンパーの色褪《いろあ》せたまだら模様に、えらの張った顔の輪郭のためか、同僚である県警本部捜査一課の捜査員から、陰でガマガエルと呼ばれているが、本人はいっこうに気にしていなかった。

百地の後を、まだ若いスーツ姿の所轄刑事が慌てて追いかける。

「百地警部、この奥です」

「〝ももち〟じゃない。〝ももじ〟だ」百地は、うんざりした思いでそう応じた。

「こ、これは失礼しました」

「大丈夫《べっちょない》だ。もう慣れっこだからな。うちの家系は、忍上《しのび》がりなんだよ。〝ち〟は血に通じるから、縁起がよくねぇだろ？　それで、ご先祖さんが改名したんだ。ましてここは不浄、穢《けが》れそのものを嫌う神社。これ以上、血なんか持ち込んだら、こちらに祀《まつ》られている神さんに、失礼《やがい》だ」

播州《ばんしゅう》弁を交え、愛用の禁煙パイポをくわえる。そこへ再び北風が吹きつけ、素肌をくすぐるように首元を這った。百地は上着の襟元を寒そうにつまみながら、鳥居をくぐった。成人の日を翌日に控えた境内はまだ閑散とし、正月飾りのお焚《た》き上げの準備をしている神職の姿が見えるぐらいだ。所轄刑事が指をさした。そちらに視線をやると、寒椿の可憐な紅色に囲まれた拝殿のそばに巫女がおり、木製の大きな熊手を使って円錐《えんすい》形に盛られた白い砂山の形を整えていた。人の胸の高さにまで盛られた砂山の頂上には、榊《さかき》が刺さっている。〝立砂《たてずな》〟と呼ばれる盛り砂で、同社では祭神が降りて来る依代《よりしろ》とされているものだ。百地は事前に仕入れていた神社の来歴を思い出しながら、巫女に歩み寄った。

「神林千亜妃《ちあき》さん、ですね」

警察手帳を開いて中を見せながら、低い声質で言葉を続ける。

「あなたが、この神社で亡くなった千尋さんの」

「はい。姉……です」

盛り砂を整える手を止め、千亜妃は丁寧に頭を下げた。白衣に緋袴《ひばかま》姿、束ねた黒髪。凜《りん》とした表情に、意志の強そうな瞳をしている。

「自殺した神林宮司が、不起訴処分になりました」

「そうですか」巫女は顔色を変えず、再び熊手を動かし始めた。

「今日ここにお伺いしたのは、もう一つ理由がありましてね」

千亜妃が、一瞬手を止める。だが顔を合わせようともせず、そのまま作業に戻った。

「そろそろここへ来られるかと思っていました。こちらからお伺いするつもりでしたから」

ようやく完成させた盛り砂を眺めると、千亜妃はくるりと向き直った。

「お話を、お聞かせ下さい」

「賽銭箱から見つかった手首と、手首から先が切り落とされた遺体。当初は変質者による犯行、または何かの呪術的目的による猟奇殺人事件として捜査をしてきました。が、現場を見た時から、違和感を覚えていたんです。妹さんの死因は失血性のショック死でした。手首を切断されたためと思われたんですがね。それにしては遺体が見つかった拝殿の床下に残されていた血痕の量が少なすぎるんですよ。それに死斑《しはん》も本来あるべきではない場所にまで広がっていた。死後硬直や血液の固まり方、胃に残った消化物の具合、多くの科学的事実を踏まえた結果、妹さんは死後、手首を切断され、遺体そのものを移動させられているものと断定されたんです。つまり何者かが別の場所で亡くなった千尋さんを壊れた床下に運び、切り落とした手首を賽銭箱へ遺棄したものと考えられる。つまり俺が言わんとしているのは、今回の事件は猟奇殺人なんかじゃないということだ」

百地はくわえていた禁煙パイポを外し、語調を強めて言った。

「遺体を動かし、切断した手首を賽銭箱に遺棄したのは、あんただな」

「……………」千亜妃は視線を合わせたまま、まばたきもせず沈黙を守った。百地がちらりと振り返る。鳥居の下に、白衣をまとった複数の警察関係者が見えた。兵庫県警の科学捜査研究所の技官たちだ。

「科捜研による鑑定の結果、遺体に付着していた土壌成分は、床下の土と一致せず、また検出された成分が、一般的な盛り砂に使用される白砂に近いものであることが突き止められている。聞き込みでも〝年越の大祓い〟の儀式が行われている最中、こちらの盛り砂を整備されていたのが、あなたであったことが判明している。こうして形を自由自在に変化でき、かき混ぜることができる盛り砂の山なら、失血死の痕跡をかき消すことができたかもしれないってことだ。この砂を持ち帰り、調べれば妹さんが本当はどこで亡くなったのかはっきりするんじゃないかと俺は思っている」

「……………」

やはり返答をしない巫女に対し、百地は表情を曇らせると、目を閉じて切り出した。

「宮司だった神林の部屋を捜索したところ、あなたに対する……性的暴行を示す複数の証拠が発見されました。今なら情状酌量の余地も残されている。俺はあなたの口から真実を聞かせてもらいたいんだ」

舞い落ちる雪が、巫女の白衣《びゃくえ》に貼り付いては溶けていった。溶けた雪が黒髪を伝い、涙のように頰を濡らす。千亜妃がようやく重い口を開いた。

「今から五年前、両親が交通事故で死んで、私たち姉妹は伯父のもとに引き取られました。その頃から……私はあの男に。これまでずっと耐えてきました。妹が高校を卒業するまではと。ようやくこの春、妹と一緒にここを出る予定だったんです。やっと二人だけで暮らせるはずだった。それなのにあの男は……妹にまで手を出して」

「すべて分かっている。彼女は殺されたんじゃない。あなたは〝自ら命を絶った〞妹を、あたかも殺害されたかのように見せかけることで、自殺した事実を隠ぺいしようとしたんだ」

「……はい」千亜妃の声が震えた。

「気づいた時、妹はこの盛り砂の陰で、手首を切って自殺を図っていました。発見した時は手遅れで。死の間際、あの子は自分が伯父に犯され、妊娠してしまったことを明かして亡くなりました。伯父の毒牙にかかったのは私だけではなかったと知って、本当に愕然《がくぜん》としました」

言葉を区切ると拝殿を仰ぎ、千亜妃は祭神までも罵倒する調子で吐き捨てた。

「あれは自殺なんかじゃない。伯父に殺されたようなものです。単なる自殺で片付けられたら、妹は無駄死にじゃないですか！　どうしても……許せなかった」

「それで妹さんの手首を、ああやって切断したんだな。発見された手首と、腕部の切断面から、明らかに大きさや形状が異なる小さな傷跡が解剖による検死で見つかっていた。あなたは自殺したと分かってしまうリストカットの跡を消すため、〝あえて〟その傷痕ごと切り落としたんだ。猟奇的な殺人事件が起きれば、神社の評判を落とし復讐することができる。騒ぎが大きくなるほど、宮司も追い詰められると踏んでな。大祓いの儀式は、参拝客もかなり少なかったようだ。あなたは遺体をこの盛り砂の中に一時的に埋めて隠しておき、伯父に殺人の罪を着せるため、機会を見て宮司が管理している奥の院の拝殿に移したんだ。ただ一つ――、どうしても分からないことがある。なぜ大切な妹さんの手首を、賽銭箱に捨てたりした」

「捨てたんじゃありません！」千亜妃は語調を荒らげた。

「お賽銭は、願いを聞いてもらう対価ではないとする説があるのをご存じですか。なぜ神社の拝殿前の社頭《しゃとう》に大きな鈴が吊《つ》られ、参拝する時に音を鳴らしてお参りするのか。あの鈴は、その清々しい音色によって私たちを敬虔《けいけん》な気持ちにさせてくれるとともに、参拝者を祓い清め、神霊の発動を願うものなのです。お賽銭にも、同じ力があるとされています。妹の手首を切断してから、どうするか迷った時、それを思い出したんです」

千亜妃の目が伏せられる。

「妹が残した最期の言葉は、『自分の体は穢れてしまった』というものでした……。もし本当に亡くなった妹に穢れがあるのだというのなら、それをここで祓ってあげたかった。それが最後まであの子を守れなかった私の責任だと思いました。だからこそ千尋の体も、この盛り砂に埋めねばならなかったんです。神の依代の中ですべてが浄化されることを、心から願って。私たちは今までずっと不幸でしたが、最期ぐらい……願いを聞き届けてもらいたくて」

そう締めくくると、目を真っ赤に腫《は》らしながらも気丈に胸を張り、両手を差し出した。しばらくの間、百地と見つめ合う。

痺れを切らした所轄の捜査員が手錠を取り出すのを、百地は制止した。

「彼女には出頭する意思があった。最初に交わした会話で、そう口にしとってやったし、すべて素直に自供した。自首する途中で出会ったたってことで、いい《え》じゃ《え》ない《がい》か《や》」

激しさを増す雪の中、凛として咲き誇る寒椿のこぼれ落ちそうな花弁が、ぽとりと玉砂利に落下した。境内の奥でお焚き上げの炎が火の粉を発して、天に舞い上がる。

風の音は、誰かの哭《な》き声のように聞こえた。

雪の轍

佐藤青南

初出『5分で読める！　ひと駅ストーリー　冬の記憶・東口編』（宝島社文庫）

ことことと鍋の歌う音で目が覚めた。

新聞配達のバイクのエンジン音が聞こえたところまでは覚えているが、その後、いつの間にか眠ってしまったらしい。短いが、珍しく深い眠りだった。

私は疲労を引き剝《は》がすようにして、ベッドから抜け出した。寝室からリビングに入ると、カーテンの開いた掃き出し窓から差し込む日差しが、こころなしかいつもより白《しら》みがかっている。一瞬、霞み目かと思ったが、違った。窓際に歩み寄ると、思わず吐息が漏れた。外はいちめんの雪景色だった。

窓を開けると、白い地面で冷やされた清冽《せいれつ》な空気が滑り込んでくる。尻込みしてしまいそうな自分を叱咤《しった》しつつ、私は爪先にサンダルを引っかけ、庭に下りた。

「こらこら。そんな格好で、風邪引くぞ」

五歳になる娘の栞《しおり》が、一心不乱に雪玉を転がしていた。子供を諦めかけた頃に、ようやく授かった一粒種だ。起きるなり銀世界に気づいて興奮し、外に飛び出したのか。栞はパジャマにダウンジャケットを羽織っただけという、見ているこちらが風邪を引きそうな軽装だった。

「雪だるま、作ってるのか」

「うん」

「どれ、パパも手伝ってやろう」

「いらない」

「どうして。二人で協力したほうが、おっきいのができるぞ」

横に並んで雪玉を押そうとすると、手で胸を押された。思わぬ拒絶に苦笑いを浮かべた私は、しばらく娘の作業を眺めていたが、やがて寒さに耐えきれなくなって家の中に戻ることにした。どのみち、そんなにのんびりしている時間もない。顔を洗い、髭《そ》を剃り、スーツに袖を通して身支度を整えてから、キッチンへ向かう。

キッチンでは、妻の幸枝《さちえ》が朝食の支度をしていた。ちらりと私のほうを振り返って「おはよう」とだけ言い、味噌漉《みそこ》しの中で菜箸《さいばし》を忙しく動かし始める。

「栞のやつ、随分と熱心だな」

「昨日の夜から、積もるかな積もるかなって、ずっと外ばかり見ていたんだもの」

微笑したのか、後ろ姿の妻が両肩を軽くすくめる。

「そうだったな……それにしても栞のやつ、このところめっきり、きみに似てきたな。なんだか、あのときのきみを思い出したよ」

私は食卓の椅子を引きながらリモコンを手にし、テレビの電源を入れた。朝のニュース番組では、殺人事件を報じている。アナウンサーは神妙な表情で、通り魔的な犯行の見方が強いという、警察の見解を告げていた。

「あのとき、って……」

「ほら、一緒に雪だるまを作ったことがあったじゃないか。まだおれたちが結婚する前に、おれが一人暮らししていたマンションの駐車場で」

束《つか》の間《ま》、止まった菜箸が、ふたたび動き始めた。

「そう言えばあったわね、そんなことも」

「そんなことも……って、忘れてたのか。どっちが大きい雪玉を作れるか競争しただろう。そしたら、二人とも妙に張り切っちゃってさ。二つの雪玉を重ねたら、一メートルぐらいの大きな雪だるまになって……きみが、誰かに雪だるまを壊されたくないって言うから、おれの部屋のベランダまで運んだんだ」

「うん、覚えてる。栞もその話、大好きなのよ」

「なんだ、栞にも話していたのか。しっかり覚えているじゃないか。たしかに、あの話はオチがしっかりしているから、おれも取引先との商談なんかでよく使うんだ。あのとき、雪って重いんだということを思い知ったもんさ。翌日は腕がぱんぱんに張って。しかもその雪だるまが、いつまでも溶けないものだから……」

そこまで言って、自分が感傷的になり過ぎていることに気づいた。妻のすくめた肩が、小刻みに震えている。

「ごめん……つい。こんなときにする話じゃないよな」

「ううん、いいの。楽しかったわよね、本当に、あの頃……」

妻の声は次第に湿り気を帯び、最後には「ごめんなさい」と手で顔を覆った。ほどなく、押し殺した嗚咽《おえつ》が聞こえ始める。私はしばらく顔の前で手を重ね、目を閉じていたが、やがて未練を振り払うように低い声を絞り出した。

「離婚届、ありがとう……途中で出しておくから」

今日、私は家を出る。何日も説得を続け、ようやく昨夜遅く、離婚届に妻の署名をもらったのだった。

涙を収めた幸枝が、無理やりに作ったようなぎこちない笑顔を浮かべる。

「ねえ、覚えてる？　あなた……私のことを一生守っていくって、言ってくれたの」

「ああ、もちろん。覚えてるさ」

プロポーズの言葉だ。ベランダの雪だるまが、完全に溶け切った春先だった。あのときは一生ぶんの勇気を振り絞ったつもりだったが、人生には、それ以上に勇気が必要とされる場面が存在することを知った。それが、今だ。

「私も昨日のことのように覚えてる。あのとき、あなたが嵌《は》めてくれようとした指輪が冷たくて、私、びっくりして手を引いちゃったのよね……」

「本当におれは……昔から、なにをやっても駄目な男だったな」

昔から大事なときに限って、下手《へた》を打つ。間《ま》の悪い男だった。

「私は十分、幸せにしてもらった。あのときも嬉しかったもの……指輪は冷たくても、気持ちはすごく温かかったし。栞もパパっ子じゃない」

「だけど……きみへの誓いは果たせなかった」

「そんなことない！」

力説する妻の言葉を、私は曖昧《あいまい》な笑みで受け流した。

「……私のこと、嫌いになったの？」

「そういう話はよそう」

決意が鈍《にぶ》らないうちに。私が立ち上がると、幸枝は慌てたように早口になる。

「朝御飯ぐらい、食べていくでしょう」

「いや、いらない。もう行くよ」

「待って！」

懇願を振り切って玄関まで歩き、座り込んで革靴を履く。追いかけてきた幸枝が、背後でまくし立てた。

「もう一度、考え直してみる気はないの。私、やっぱり別れたくない。栞にとっての父親は、あなたしかいないのよ。きっと大丈夫よ、なんとかなる」

「いいか、幸枝」

靴を履き終えた私は、振り返って妻の両肩を摑《つか》んだ。

「栞のことを思うからこそ、こうするしかないんだ。きみだって、わかっているよな。

おれたちは、もう無理だ。昨夜は、納得してくれたはずじゃないか」

「でも……」二の句が継げないでいる妻に、眼差《まなざ》しに力をこめて訴えかけながら、壁のキーフックに手を伸ばした。が、そこにかけてあったはずの車の鍵がない。

あれっ、と思ったそのとき、扉の向こうにいくつかの足音が近づいてきて、ドアチャイムが鳴った。乱暴なノックも続く。

怯《おび》えた様子で扉を見る妻に、大丈夫だと頷きかけ、私は扉を開けた。

強面《こわもて》の男が、何人か立っていた。知り合いではないが、彼らがどういう人種なのか、なんの目的で訪ねてきたのかは、すぐにわかった。

案の定、男たちは懐《ふところ》から警察手帳を取り出して見せた。

妻との離婚を成立させた後で自首しようと考えていたのだが、あいにく日本の警察は、私が想像する以上に優秀だったようだ。通り魔などと見当違いの捜査情報をマスコミに流しながら、確実に包囲網を狭めていたということか。

私が殺したのは、かつて妻を暴行した男だった。まだ私たち夫婦が借家住まいだった頃、近所に住んでいた男だ。犯行以前から妻に目を付け、私が家を留守にするタイミングをうかがっていたらしい。当初は刑事告訴を考えたものの、裁判で証言するのを嫌がった妻のために、示談に応じた。この家を購入する頭金には、あの男の支払った忌《い》まわしい金が含まれている。妻を守ることができず、あろうことか妻の痛みを金に換えたという後悔が、私の胸にどす黒い澱《おり》となって沈んでいた。

そして運命のいたずらが起こった。ひそかに抱き続けてきた願いが、私に復讐の機会を与えたのかもしれない。私は繁華街で、あの男の姿を見つけた。向こうは私の顔を忘れたかもしれないが、私はぜったいに忘れない。夜ごと私の夢に現れ続け、眠りを妨《さまた》げてきた男だ。

あの男は道行く若い女性に声をかけ、飲みに誘っている様子だった。嫌がる相手の手を引く強引な態度は、とてもかつての犯行を反省しているようには見えなかった。

「署で詳しく話を聞かせてもらえますか」

刑事たちの中でもっとも年配の男に促され、私は家を出た。

「あなた！」

呼び止める妻を振り向き、かぶりを振る。

ふたたび歩き出そうとすると、「パパ！」と今度は娘の声がした。

栞が呆然《ぼうぜん》とした様子で、庭に立ち尽くしている。早朝から健気《けなげ》に転がし続けた雪玉は、三十センチ大ほどにまで成長していた。

そのとき、すべてを悟った。私はなんと愚かだったのか。

栞は無邪気に雪だるま作りを楽しんでいるわけではなかった。今日、私が自首することを知っていて、私を引き留めたい一心で、雪玉を転がし続けたのだ。

キーフックにかけてあったはずの車の鍵は、雪玉の中に埋め込んであるに違いない。

栞は車の鍵が見つからなければ、私が出かけられないと考えた。そしてかりに鍵の在《あ》り処《か》に私が気づいたとしても、私が雪だるまを壊すことはないとも。

栞が大好きだという、雪だるまの話。私と妻が若い頃、協力して雪だるまを作ったという話。あの話の続きはこうだ。

毎朝、ベランダに出て雪だるまの溶け具合を確認するのが、私の日課になった。押し固めた雪は意外なほど頑丈で、いっそ壊してしまおうかという衝動にも駆られたが、毎週末に訪ねてきて、「まだ頑張っているのね」と嬉しそうにする幸枝の手前、それもできない。完全にかたちがなくなって、雪の中に埋め込んだ指輪が姿を現す頃には、日差しが春の柔らかさを含み始めていた。考え抜いた演出が裏目に出て、プロポーズを延期する羽目になったという笑い話だ。

「パパ！　必ず帰ってきてね！　約束だよ！」

娘が口に添えた両手は、しもやけでむくみ、真っ赤になっていた。

パパなんて呼ぶな。もうパパじゃない。

私はおまえの、本当のパパじゃないんだ――。

私は口を開きかけたが、庭を縦横に走る雪玉の轍《わだち》を見ると、胸が詰まって言葉にならなかった。

緩慢な殺人　中村啓

初出『５分で読める！　ひと駅ストーリー　冬の記憶・東口編』（宝島社文庫）

二〇三五年、新年が明けて間もない某日、その日は朝からしんしんと冷え、天空から花弁《はなびら》のような雪が舞っていた。

東京科学大学《とうきょうかがく》の研究室において、殺人事件が発生。容疑者はすぐに割れたが、〝極めて複雑な事件〟であるとのことで、警視庁特殊事案対策課、規格外の事案を扱う通称〝何でも課〟の明智《あけち》トモロウ警部補が捜査を一任された。

事件が起きたのは、「ナノバイオ研究所」。現代は、ナノテクノロジー全盛の時代である。明智自身、流行《はや》りのナノマシン〝ナノボット〟を血管の中に常駐させていた。がんやウイルスなどの有害な物質を、ナノボットがいち早く駆除してくれるのだ。

現場に向かう間、明智は事件の概要をつかもうと努めたが、上司の話は要領を得ず、「とにかく〝極めて複雑な事件〟らしい」とのせりふを繰り返し聞かされ、また、所轄の鈴木《すずき》という名の課長代理からも、「〝極めて複雑な事件〟なので、とにかく現場をその目でご覧ください」などと言われた。

東京科学大学正門入口に到着すると、所轄の警察官がナノバイオ研究所のある棟へ案内してくれた。明智が奇妙に思ったのは、どこにも規制線が張られていないことだ。さらには、捜査関係者らに緊張の色はなく、中には笑みさえ浮かべている者もいた。

「どうもご苦労さまです」

鈴木課長代理が現れて挨拶をした。鈴木の顔には困惑があったが、かすかに口元が歪《ゆが》んでいた。苦笑いを浮かべているのだ。人が殺されたというのに不謹慎にもほどがあると、明智は所轄の刑事たちの不真面目さに腹が立った。

鈴木に先導され、明智は研究室へやってきた。何に使うのかよくわからない数々の機器類が並んだ奥に、消毒薬の匂いの漂う集中治療室のような部屋があった。リクライニング・シートの上に、頭を包帯でぐるぐる巻きにされた七十代ぐらいの男が身体を預け、その傍《かたわ》らの椅子に五十代半ばの白衣を着た男が座っていた。

鈴木が二人を紹介した。

「ええっと、こちらが被疑者の高倉《たかくら》教授、そして、こちらが殺されたとおっしゃる被害者の国松《くにまつ》さんです」

二人の男の四つの目が明智を見つめた。白衣を着たほうが高倉教授、もう一方の包帯を巻かれたほうが国松であり、今回の被害者であるという。

今回の被害者――。確か、殺人事件だったはずだが……。

明智はあたりを見まわした。

「それで、遺体はどこにあるんです？」

「遺体はありません」

鈴木はそう言うと、「続きはどうぞ」というように、国松に顔を向けた。何度も説明を繰り返したのだろう、国松はうんざりしたような長いため息をついた。

「遺体はないが、間違いなく殺人は行なわれた。そして、殺されたのはこのわたし、いや、わたしだった男と言ったほうがいいかもしれないがね」

厳しい表情の高倉教授が口を開いた。

「わたしが説明しましょう。国松氏はつい先ほど全脳置換手術を終えられたのです。全脳置換手術とは、すべての脳細胞をシリコン製の〝ナノチップ〟に置き換える最先端の医療技術です。ニューロンを一つひとつ同等の出入力機能を持つナノチップと置き換えていくのです。それにより、半永久的に老化することのない脳を手にすることができるのです。手術を開始したのはちょうど五年前、それから全百三十七回に及ぶ気が遠くなるほど長い手術でした」

明智は尋ねた。

「そのことと殺人事件とがどう関係するんですか」

国松がシートから背中を剝《は》がした。

「きみ、脳死は個体死かね」

「まあ、そう言っても過言ではないでしょう」

「もし、誰かがわたしの脳味噌を抜き取ったら、わたしは死ぬだろうし、それは殺人が行なわれたということになるな」

「まあ、そうなるでしょうね」

国松は「そういうことだ」というように、再びシートに背中を預けた。

依然として、明智には何が何だかさっぱりわからなかった。

国松は小さくかぶりを振ると、馬鹿にしたような笑みを浮かべた。

「きみも鈍いな。いいか。わたしの頭の中のニューロンを一つナノチップに置き換えるとする。それでもまだわたしはわたしだろう。次にまたニューロンを一つナノチップに置き換える。それでもまだわたしはわたしだな。脳の十分の一をナノチップに置き換えても、たぶんわたしはわたしだろう。しかしだ。五年の歳月を経て、いまやすっかりわたしの頭の中はシリコンの塊になってしまった。こうなったら、もうわたしはわたしではない。それでは、わたしはどこに行ってしまったのか。もうどこにもいないわけだ。わたしは死んでしまったんだよ。殺されたんだ。この男に！」

明智は苦笑が漏れそうになるのをなんとか我慢した。なるほど、鈴木や他の捜査員らが苦笑いを浮かべていたのもうなずける。

明智は慇懃《いんぎん》に尋ねた。

「それでは、いまわたしの目の前にいるあなたはどちら様ですか」

国松は一つうなると言った。

「まあ、タロウダッシュとでもしようか」

「〝タロウ〟は国松氏の下の名前です」と、鈴木が補足した。

明智は腕組みをして、少しの間、考えをめぐらせた。

「なるほど、タロウさんは全脳置換手術のどこかの時点で死亡していなくなり、新たにタロウダッシュさんが誕生したと、こうおっしゃりたいわけですね」

「そのとおり」と、国松は大きくうなずいた。

「しかしですよ。あなたにはタロウさんの記憶があるわけですよね。そうであれば、間違いなくあなたが国松タロウさんであるということではないですか」

高倉教授が困ったように口を挟んだ。

「それがそうとも言い切れないんです。全脳置換手術では、患者様の元の脳をそのまま再現するため、過去の記憶もすべて保持されるのです。しかし、今日では記憶情報はコピー可能なので、ある人物の記憶を持っていることは、必ずしもその人物の同一性を保証するものではないのですよ」

馬鹿馬鹿しいにもほどがあると、明智は思った。思ったのだが、同時にこの詭弁《きべん》をどのように論駁《ろんばく》できるのかと悩んだ。いや、はたしてこれを詭弁と決めつけていいものか。国松の言っていることが正しいという可能性は？　いやいや、やはりこれは殺人事件にはなりえない。

「遺体がなくては殺人を立証することはできません」

「あそこにわたしの……、タロウの遺体の一部がある」

国松が指し示す先には、ステンレスのトレイに載った胡桃大《くるみだい》の塊があった。国松タロウの脳の一部だったものだろう。

「きみはいみじくも脳死は個体死だと言ったな。脳の一部があるということは、おれの遺体の一部があること、おれの殺害を立証できる証拠たりえるのじゃないかね」

ぐうの音《ね》も出なかった。遺体の一部が存在する。これは殺人事件なのか。

「あなたのおっしゃっていることはやっぱりおかしい」

それまで黙っていた鈴木は口を開くと、左腕を突き出して袖をまくった。手首にはレトロな革のベルトの腕時計が巻かれていた。

「この腕時計は父の形見です。そして、父はその父、わたしの祖父から譲り受けました。とても古いものです。革のバンドは擦り切れ、何度か取り替えていますし、ガラスも傷だらけで新しいものと交換しました。この前はついに中身が壊れて、すべて取り替えたんです。厳密にはこれはぼくが父からもらった当時の腕時計ではないかもしれない。しかし、この腕時計にはいまも父の思い出が宿っているんです」

国松は残念そうに首を振った。

「厳密に言わなくても、それはもうきみがお父さんからもらった腕時計ではないな。思い出がこもっていた部品は少しずつ交換されて、いまは思い出とはまったく関係のない部品と入れ替わってしまった。思い出をウイルスのようなものだと仮定してみればいい。いまのその腕時計には、ウイルスは一匹も残っていないだろうから」

　鈴木は自分の腕時計をしげしげと見つめていたが、やがて、過去を断ち切るかのように、腕時計を外してスーツのポケットの中に仕舞い込んだ。

「まあ、とにかくわたしが以前のタロウではないことは、みなさんご納得なさるでしょう。オリジナルは悲しいことに消去されてしまった。確かに、タロウはタロウダッシュになることを望み、全脳置換手術に同意したかもしれない。しかし、タロウダッシュになったいまのわたしはその同意書には一切同意しない」

　高倉教授が憤然と立ち上がった。

「こんなのは馬鹿げている。刑事さん、国松氏はただ医療費を払いたくないだけです」

「医療費？　おいくらなんですか」

「二十五億円です。手付金の一億円はいただいたので、あと二十四億円になります。国松氏は先日株式投資の運用に失敗して百億円以上あった資産をすべて失ってしまったんです」

　国松は鼻を鳴らした。

「それとこれとは話が別だ。ただ、わたしも鬼ではないから、今回の件は刑事告訴しない代わりに、医療費は払わないということで一件落着にしようじゃないか」

　国松は窓の外に視線を向けると、両手を揉《も》みしだくようにした。

「ああ、今日は雪か……。道理で関節が痛むわけだ。昔から雪が降ると節々《ふしぶし》が強張《こわば》るもんでね。でも、寒くなっても脳細胞が萎縮しなくなり、頭脳明晰《めいせき》なままでいられることには感謝するよ、高倉教授」

高倉教授は胡乱《うろん》な表情で国松を見つめた。

そのとき、部屋のドアが勢いよく開き、一人の若い男が興奮した様子で入ってきた。

国松が明るい声を上げた。

「コタロウじゃないか」

「父さんが死んだって聞いたもんだから」

「いや、死んじゃいな……、いやいや、確かにおまえの父さんの国松タロウは死んでしまった。残念だがね」

コタロウは小首をかしげると、渋い表情になった。

「そうか。それは残念だな。しかし、父さんが死んだとなると実にもったいないことになるなぁ」

「なぜだ」

「オオタロウ伯父さんがいまさっき息を引き取ったんだけど、二百億円ある遺産は一銭も父さんのところに入らなくなるから」

人を殺さば穴みっつ

塔山郁

初出『「このミステリーがすごい！」大賞10周年記念　10分間ミステリー』（宝島社文庫）

新聞で真由美《まゆみ》が死んだことを知った。

自宅で死んでいるところを発見されたらしい。死体は全裸で、首には絞められた痕が残っていたという。僕はすぐに会社の先輩である山本《やまもと》さんに電話をした。しかし何度かけてもつながらない。ようやく連絡がとれたのは三日後のことだった。

「ひどい目にあったよ」電話に出るなり山本さんは言った。「警察で連日の事情聴取だ。アリバイがあったからよかったけれど、なかったらと思うとぞっとする。冤罪《えんざい》っていうのはこうやってつくられるのかと身にしみてわかったよ」

山本さんはぐったりした様子で話をした。

「離婚話がこじれているさなかに殺されたからって、あの態度はないよ。俺が若い女と再婚したいばかりに、別居中の妻を殺したような言い方をするんだぜ。弁解しても聞いてくれない。まったく頭に来ることこのうえないよ」

「でも疑いが晴れたならよかったじゃないですか」僕はなだめた。

「まあな。でも危ないところだったんだ。真由美が殺されたのは日曜の夕方らしいんだが、昼前に俺は彼女を訪ねていたんだよ」

「昼前？　それは確かにきわどいですね」

「話し合いに応じないから、アポなしでマンションに押しかけたんだ。日曜の午前中なら家にいると思ってね。でも彼女は俺を見るなり怒り出した。そこでひと悶着《もんちゃく》あったのさ。結局まともな話はできずに、早々に引きあげたんだけど、その夕方に彼女は殺されたらしいんだ。その時間、俺は近所の連中と一杯やっていて、それでアリバイが証明されたから解放してもらえたけれど、まったくひどい目にあったよ」

言葉とはうらはらに、次第に山本さんの言葉は上機嫌になっていた。妻が死んだのがよほど嬉しいらしい。

僕は恨めしい気持ちになったので「推理小説なら完璧なアリバイのある人間が一番怪しいということになるんですがね」と言ってやった。

「推理小説なら優秀な探偵が無償で真実をつきとめてくれるさ」山本さんは、まるで気にしないで言葉を返した。

「でもそんな騒ぎを起こしたのなら、疑われるのは当然ですね。もしかしたら玄関先で、別れる、別れないで揉《も》めたんですか?」

「そこまではしてないよ。真由美はいきなりドアをあけたんだ。ジャージの上下に顔はすっぴん。そこで俺だと気づいて逆上したんだよ。だらしない格好を見られたことが、よっぽど悔しかったんだろうな。罵詈雑言《ばりぞうごん》をわめきちらして、それが近所に筒抜けになったのさ。怒鳴るだけ怒鳴ったら引っ込んで、後はいくらチャイムを鳴らしても出てこない。仕方がないからそれで引きあげてきたんだ」

「なるほど。でも山本さんが、近所の人と飲みに行くなんて珍しいですね。たしか近所づきあいが煩わしいって理由で、賃貸マンションに住んでいたんですよね。親の遺産を受け継いで、金はたくさん持っているにもかかわらず」僕は嫌味半分でそう言った。

「昔とは違うよ。近所づきあいもそれなりにはしているさ。もう若くはないからな。それなりに世知にも長《た》けてきたのさ」山本さんはそう言ってから「ところで警察に余計なことは言わなかったから、その点は君に感謝してもらいたいな」と声をひそめて言い足した。

「余計なことって何ですか？」僕は訊《き》いた。

「君が真由美と交際していたという事実だよ。だから警察が君のところに来ることはないはずだ。どうだい。ほっとしただろう？」

「やめてください！」僕はびっくりした。「それは違います。勘違いですよ」

「隠さなくていいよ。最近、君たちがこっそり連絡を取り合っていたことは知っているんだ。たしか真由美と君は同期入社だったんだよな。今まで、君の顔を立てるために見て見ぬふりをしてきたんだが、もう隠さなくてもいいよ。君だって真由美の独善的な性格にはうんざりしていたんだろう？　浮気を本気にされて鬱陶しくなった。それで殺したということじゃないのかい？」

「とんでもない。僕たちはそういう関係じゃないですよ。あなたが若い女のところに入り浸って戻って来ない。どうしたらいいかって相談を受けていただけです」

「信じられないな」山本さんは言った。「でも君じゃないとすると犯人は誰だろう。やっぱり行きずりの強盗か変質者の仕業かな」

「そういう痕跡があったんですか。強盗や変質者の犯行だというような」

「後頭部にぶつけたような傷があったそうだが、乱暴された痕はなかったようだ。部屋も荒らされてはいなかったらしい。服や下着がそばに散乱していたが、破かれたり、乱暴に脱がされた痕跡はないそうだ。そういう理由もあって、俺が最初に疑われたんだよ」

「犯人はどうしてそんなことを？」

「知らないよ。俺は犯人じゃないからな。その時間に慌ててマンションを出て行った男の目撃情報があったそうだ。だから警察は俺を疑ったし、俺は君を犯人だと睨《にら》んだわけだ」

それから山本さんは、ああ、もうこんな時間か、と疲れたような声を出した。

「明日は真由美の実家がある九州まで行かなければいけないんだ。彼女の親族に会うことを思うと気が重いよ。そういう理由だから、これで切らせてもらう。君が犯人なら礼を言おうと思ったんだが、違うなら必要ないな。それじゃあ、またな」山本さんは電話を切った。

翌日、僕は山本さんの自宅を訪ねた。インターホンを鳴らすと、若い女の声で返事があった。思った通りだ。声の主は去年入社したばかりの菜々子《ななこ》だった。

「やっぱり君だったか。まさか二十も年上の男と同棲しているとはな」

僕があきれた声を出すと、菜々子は鼻を鳴らした。「余計なお世話よ」

「中高年が好きなのか？」

「まさか。お金のためよ。それ以外には理由があるはずないでしょう」

「そんな女だとは思わなかった」

「何言ってるの。彼の奥さんだって同じよ。ごねれば慰謝料を吊《つ》り上げられると思って離婚に応じなかったんだから」

「それで殺したのか？」

「えっ」

「君が真由美を殺したんだろう？　こっそり忍び入って全裸で倒れている真由美の首を絞めたんだ」

菜々子は青くなった。しかし目だけは鋭く僕を睨みつけている。「証拠はあるの？」

「ないよ。でもその返事で確信した。君が部屋に入った時、真由美は裸で倒れていたんだろう？　息はあった。それでチャンスとばかりにとどめを刺した。どうだい？

この推理は間違っているかな」

「どうしてあなたにそんなことがわかるの」菜々子はあえぐように言った。

「答えは簡単さ。彼女が殺される直前、僕があの部屋にいたんだ。真由美は僕を呼びつけて誘惑しようとした。自分で服を脱いで迫ってきたんだよ。でも僕にその気はない。しかしいくら言っても聞かないんだ。ついには僕を押し倒そうとする始末だ。だから突き飛ばして逃げてきた。頭を打って脳震盪《のうしんとう》を起こしたことには気づいていたけれど、面倒だからそのままにした。火曜日に新聞を見て驚いたよ。彼女が死体で発見されたというんだからね。首に絞められた痕があるという。殺したのは僕じゃない。山本さんの犯行かと思ったけれど、彼にはアリバイがあるらしい。真由美が死んで得をする人間は、山本さんの恋人以外には思いつかなかった。だから真実を突き止めようと訪ねてきたんだよ。山本さんがいない夜を選んでね」

「殺すつもりはなかったのよ」菜々子は弁解した。「話をしたかっただけなの。でも家を訪ねたら玄関の鍵が開いていて、中に入ったら彼女が裸で倒れていたの。それでたまたま持っていたネクタイを首に巻きつけて――」

「どうしてネクタイなんかを持ち歩いているんだよ。殺すつもりで部屋に行ったんじゃないのか？」

「たまたまよ！　私が悪いんじゃないわ！　彼女を気絶させて逃げたあなたが悪いの

よ！」菜々子は叫んだ。

「お得意の責任転嫁が出たね。でも取り乱さないでいいよ。君を告発するために来たんじゃない。善後策を話し合うために来たんだ」

「善後策？」菜々子は僕を睨んだ。

「僕が逃げるところを誰かに見られたらしいんだ。警察はそのうちに僕のもとに来るかもしれない。殺したわけじゃないけれど、事件にかかわっていることが知れたら面倒だ。会社をクビになる可能性もある。だからお互いのアリバイを証明し合わないかと相談に来たんだよ。日曜の夜、僕たちは一緒にいた。そう主張すれば警察の捜査をかわせる。どうかな。昔つき合っていたよしみで協力しないか？」

「言い逃れができなくなれば、私が殺したって警察に言うつもり？」

「当然だろう。僕は殺していないんだから」

菜々子は眉をひそめて考え込んだ。「でも山本に知れると厄介だわ」

「彼は僕たちが昔つき合っていたことを知らないのか？」

「言ってないわ。彼は鈍いから、結婚前にあの女があなたとつき合っていたことだって気づいていないわよ」

「やれやれ」僕はため息をついた。「それなのに最近の僕と真由美の仲は疑っていたのか。いい年をしてヒラだけのことはあるよ。親が取引先の社長だったって噂《うわさ》は本当らしいな。鈍すぎる。そりゃあ、女房の悪だくみにも気づかないはずだよな」

「悪だくみってなんのこと？」

「山本さんを殺してくれと頼まれたんだ。そうすれば遺産が手に入る。お礼をするからなんとかしてくれと言われたんだ」

「なんですって！　あの女そんなことを！」

歯ぎしりをする菜々子に僕は提案した。

「じゃあ、こういう風にしたらどうかな。僕が一方的に好意を抱いて、君に求愛していた。困った君は、僕を呼び出して山本さんとつき合っている事実を告白した。諦めのいい僕は納得して一件落着。それなら君にやましいことは何もない」

「あなたの本当の目的はなに？　お金？」菜々子は探るような目で僕を見た。

僕は告白した。「まとまった金が必要なんだよ。すぐにじゃなくてもいい。君が玉の輿《こし》に乗った暁で構わない。ちょっと投資に失敗してね。実を言うと、真由美に相談したんだ。そうしたら山本さんを殺さないかって話を持ちかけられてさ。それでこんなことになっちまったんだよ」

しばらく考えてから菜々子は、にっこりと笑った。「わかった。あなたの提案に乗るわ。それでいきましょう」

僕は、ほっと胸を撫《な》でおろした。

＊＊＊＊＊

「大変だ！　ニュースを見ろよ！」起き抜けにいきなり山本が大声を出した。

「――が自殺したぞ。飛び降りだ。知り合いの女性を殺したことをほのめかす遺書と、犯行に使ったネクタイが残されていたってさ。やっぱりあいつが真由美を殺したんだ――！　畜生！　とぼけやがって！」

「大声を出さないで！　昨日は遅かったんだから、もうちょっと寝かせてよ」

興奮してわめき散らす山本に不機嫌そうに返事をすると、菜々子は布団を頭からかぶって横を向いた。

そして考えた。二人目も露見しなければ、三人目もいけるかも。まあ、どちらにしてもこの馬鹿と結婚した後の話だけど――。

夏の終わり　伽古屋圭市

初出『５分で読める！　ひと駅ストーリー　夏の記憶・西口編』（宝島社文庫）

夏が終わらない。

俺はひとり、道を歩いていた。突き刺すような陽光でアスファルトの地面がギラギラと光り、俺の網膜を刺激する。身体が熱い。脳を掻《か》き乱す。溶けた脳が汗となって噴き出す。陽炎《かげろう》で景色が揺れる。景色が歪《ゆが》む。俺の心も歪む。悲鳴を上げる。

――誰でもいい。誰でもいいから殺させてくれ……。

初めて「命を奪うこと」を覚えたのも、熱い夏の日だった。暑い、ではなく、熱かった。身体も、心も、脳ミソも、沸騰しそうに熱かった。

だから俺は、地面を這《は》い回る蟻《あり》を指で潰した。それでどうなるかなんて考えていなかった。ただ、本能的に、潰した。

スッとした。身体中から熱が引き、清涼感に包まれた。

いや、清涼感などという生易《なまやさ》しいものじゃなかった。数日間漂流し、極限まで渇いたのどに氷水を流し込んだような、快感。悦楽。恍惚《こうこつ》。

俺は夢中になって地面を卑《いや》しく這《は》う蟻を次々に潰した。きっとそのときの俺はずいぶんと惚《ほう》けた、間抜けな顔をしていただろう。

ふっと身体が浮いた。

「なにやってるの！」

先生の尖った声が耳元で聞こえ、俺はゆっくりと顔を向けた。

二十歳かそこらの幼稚園の女性教諭は、怯《おび》えるような、汚物を見るような目で俺を見ていた。震える声で「ダメでしょ」と再度咎《とが》めた。

俺はなにが「ダメ」なのかわからなかった。人差し指の先に、産毛《うぶげ》を撫でられるような感触があった。胴体がちぎれかけ、穢《けが》らわしい汁を流しながら、醜く蠢《うごめ》く蟻が引っついていた。俺は親指を押しつけた。プチリと、心地よい音がした。

長じて、意味もなく、食べるためではなく、ほかの命を奪うのは「ダメ」なのだと学んだ。でも逆に言えば、食べるための殺生は許されている。生きるための殺生は認められている。

また夏が来て、身体や心や脳ミソが熱を持つ。意識が混濁し、腹の底でマグマのような塊《かたまり》がぐつぐつと煮え滾《たぎ》る。

だから俺は殺すことをやめなかった。ザリガニを殺し、カエルを殺し、雀《すずめ》や鶏を殺し、ウサギを殺し、犬や猫を殺した。

俺にとっては意味のある、自分を鎮《しず》めるため、生きるために必要な行為だった。食べるため、鶏を絞め、牛や豚を屠《ほふ》ることとなにも変わらない。すべての人間が――金銭を介《かい》して代替してもらっているとはいえ――やっていることだ。

俺は頭は悪くない。幾ら理屈を捏《こ》ねようが他人から理解されないことはわかっていた。忌《い》み嫌われることもすぐに悟った。人に嫌われたってどうってことはないが、面倒な事態は避けたかった。だから哺乳類に手を出しはじめたころから、人目を忍んで行為に及ぶようになった。

初めて人を殺したのは、高二の夏だった。

夏休みに繁華街で出会った、阿佐間菜摘《あさまなつみ》という女だった。もっとも彼女のフルネームを知ったのは、殺害したあとのことだ。

山の入り口にある、放置された掘っ立て小屋でセックスをした。夕暮れになっても、うだるような暑さだった。燻製《くんせい》になってしまいそうなほど、小屋の中は蒸すように熱かった。どれだけ射精しても腹の底のマグマは滾りつづけ、限界が近いことを教えてくれた。

だから俺は菜摘の首を絞めた。

セックスの延長だと勘違いしたのか、初め彼女は蕩《とろ》けるような顔をしていた。やがて恐怖と苦痛に顔を歪めはじめた。身を捩《よじ》るたび、彼女がケータイにつけていた鈴が、ちりんちりんと清らかな音を立てた。

そして彼女は事切れた。鈴の音《ね》も鳴り止《や》んだ。

俺はその鈴を持ち帰った。きれいな球形で、精緻《せいち》な意匠の施された銀製の美しい鈴だった。その鈴の清らかな音色《ねいろ》も、造形も、非常に素晴らしく、俺の心を捉《とら》えた。

たっぷり二週間が経過し、ようやく死体が発見された。

そのとき初めて、彼女が同じ学校の一年生であったことを知った。狭い町であるから、そういうこともあるだろう。漏れ伝わってきた話によると、かなりの数の同級生や関係者が調べられたらしい。ただ、さすがに学年が違い、表向きまるで接点のない俺のところまではやってこなかった。危ないところだった。今後は現場の痕跡や相手との接点など、よりいっそう気をつけねばなるまい。

翌年の夏の生贄《いけにえ》は、向こうからやってきた。

人通りのない、運河沿いのちんけな遊歩道。俺の耳に、くぐもった、けれど緊迫した、助けを乞うような声が届いた。橋脚にぶつかり、行き止まりとなる街の澱《よど》み。俺はそこに建てられた〝家〟のブルーシートをめくった。浮浪者が、小学生の少女に悪戯《いたずら》しようとしていた。俺はその浮浪者を石で撲殺《ぼくさつ》した。

少女は気が動転していたのか半ば放心状態だったが、一生懸命俺に感謝した。俺は彼女に、今日のことは絶対に二人だけの秘密だと約束させた。彼女は機械人形のように何度もうなずいた。

俺は菜摘の銀の鈴を少女に手渡した。ちりんちりんと、清らかな音が転がる。

「もしまた変なことをされそうになったら、この鈴を鳴らせばいい。そしたらお兄ちゃんが、また来て助けてあげるから」

彼女の心の傷を少しでも癒やせればと考え、俺はそう言った。少女はぎこちないながらも、初めて笑顔を見せてくれた。

俺はべつに心がないわけではない。人を愛することはないし、人を殺《あや》めても罪悪感はないが、他人に同情を寄せることはある。

このときから、俺はくだらない人間を殺すことに決めた。正義を気取ったわけじゃない。社会貢献を目指したわけでもない。自分とは無関係で、人に恨まれるような人間、あるいは社会との繋《つな》がりが希薄な者を殺したほうが、捕まりにくくなるだろうという打算だった。

事実、それから数年間、警察の手が伸びてくることもなく、俺は上手《うま》く人を殺していた。しかし予想外の出来事が起こった。ひとりの男が偶然を装ってさりげなく近づいてきた。胡散《うさん》臭いものを感じ、俺は男の素性を探った。

男は医者だった。しかも院長の息子というエリート。そして菜摘の兄だった。彼女が自嘲交じりに医者の娘だと言っていたことを思い出す。

こうなると、男の思惑は想像に難くない。どういう経緯《けいい》や推測かはわからないが、彼は菜摘殺しの疑いを抱いて俺に近づいてきた。降りかかる火の粉は排除せねばならなかった。俺は人けのない工事現場に男を誘い込み、返り討ちにした。

それにしても、今年の夏はどうしてこうも暑いのだろう。

どうして今年の夏は終わらないのだろう。

照りつける光で身が焦げる。意識が虚《うつ》ろになる。汗が流れ、蒸発する。熱気と湿気に包まれる、不快。焦燥。憤怒。どろどろとした衝動が、身体の裡《うち》で出口を求めて暴れ狂う。

——早く、早く誰かを殺さなければ、俺が毀《こわ》れてしまう。

道はどこまでもまっすぐに延びていた。獲物を探し求める。けれど誰もいない。猛《たけ》る太陽が、無意味に、無駄に、景色を輝かせる。

ちりんちりん——。

あの銀の鈴の、清らかな音が、不意に聞こえた。

あの少女が助けを求めている。俺は行かなければならない。

大きな窓から射し込む陽光が、必要以上に病室を白く輝かせていた。空調が入っていないため、足を踏み入れるなり汗が滲《にじ》むほどに蒸し暑い。

阿佐間光也《みつなり》は、ベッドに横たわる無精髭《ひげ》にまみれた男を見下げた。たとえ意識を失っても、身体が生きていれば髭は伸びつづける。無精髭に覆われていることが冒瀆《ぼうとく》に思えるほど、男は整った目鼻立ちをしていた。

——こいつが妹を、菜摘を殺した。

光也は冷酷な眼差しで、美しい顔の男を睨《にら》みつけた。

きっかけは幸運な偶然だった。患者として訪れた中学生の女の子が、菜摘が持っていた、そして事件現場から消えた銀の鈴を持っていたのだ。父が、知り合いの銀細工職人に作らせた特注の鈴だった。同じものを光也も持っている。この世に二つしか存在しない鈴。間違いなかった。

どこで手に入れたのか、訊《き》いてもなかなか彼女は答えなかった。誠意を持って説得をつづけると、理由だけは言えないと固持したものの、この鈴はある男に貰《もら》ったのだと彼女は教えてくれた。

そこで菜摘の周囲にいた男の写真を掻き集め、彼女に見せた。同級生では見つからず、当時の在校生にまで範囲をひろげて卒業アルバムを入手した。そして見つけた。彼女に鈴を渡したのは、当時高校二年生だった、中町優斗《なかまちゆうと》という男だった。だが、鈴はたまたま拾った可能性もある。ひとまず様子を探るため、光也は優斗に近づいた。

彼がすぐに警戒心を抱いたのがわかった。そして彼は人けのない工事現場に光也を誘おうとした。危険性は承知のうえで、あえて彼の誘いに乗った。襲ってくれれば、なによりの証左《しょうさ》になる。それで逮捕されれば、もう彼は逃れられまい。そして案の定、優斗は襲ってきた。彼の動きは想像以上に機敏で、躊躇《ちゅうちょ》がなく、警戒していたにもかかわらず深手《ふかで》を負ってしまった。しかし、止《とど》めを刺そうとした彼に天罰が下った。そのときの攻防によって鉄骨が崩れ、彼に襲いかかったのである。

光也は自分の勤める、父の経営する病院に連絡を入れた。見殺しにしなかったのは医者の本分というより、こんなにあっさりと死なせてたまるか、という思いからだった。しかし彼は脳に損傷を受け、命は取り留めたものの植物状態になってしまった。意識を取り戻す可能性は皆無ではないが、おそらく難しいだろうと思われる。

夏の強い日差しが、ベッドの上の優斗に直接降りそそいでいた。布団も被っているので、さぞかし暑苦しいことだろう。

いい気味だ、と光也は笑う。もっとも、彼が暑さを感じているかはわからないが。

光也は、菜摘とお揃《そろ》いだった銀の鈴を取り出した。この鈴が導いてくれた。植物状態に陥ってしまった結末は、果たしていいことなのか悪いことなのかわからない。しかし彼は、これで生きながら死んだ。夢幻の中で、永遠に彷徨《さまよ》い苦しめばいい。

手の平から、鈴が落ちた。

ちりんちりん――、清らかな音色を響かせ、うしろに転がる。おっと、と口中でつぶやき、光也は転がった鈴を拾うために屈んだ。

光也の首に、背後から、二本の腕が伸びる。夏が終わる。

誰にも言えない俺の恋心の物語　井上ねこ

初出『3分で読める！　誰にも言えない○○の物語』（宝島社文庫）

敬老会の舞台では小学生が手品を実演している。観客はお世辞にも上手とはいえない手品に拍手を送っていた。俺は舞台から、前列右側にいる白鳥《しらとり》こずえに視線を移した。彼女の横顔を見たかったのに、こずえの左隣に座っている大柄な田辺精一《たなべせいいち》が邪魔だった。

手品が終わると、田辺が「次は合唱らしいぜ」と言ってこずえの肩に手を置いた。こずえはそれを気にするふうもない。

心の中で、あのエロオヤジめ、と毒づいた。田辺は禿《は》げ頭の脂ぎった男で、何年も自治会長をやっている、町内の顔役みたいな存在だ。こずえもあんな男の手なんぞ、振り払えばいいのにと思ったが、そうしたやさしさが彼女の良さだ。こずえは六十五歳のはずだが、老人会の中ではひときわ若く見える。

敬老会が終わると、会場の公民館を一足早く出た。戸外の喫煙コーナーでたばこを吸うふりをして、こずえが一人になるのを待った。

公民館の広場から人がまばらになった頃。駐車場の片隅でこずえと、七十歳くらいの背が高い白髪の女性が二人して、田辺と何かを話しているのが見えた。内容はわからないが、いつもは明るいこずえの表情が曇っているから深刻な話なのかもしれない。

何を相談しているのかと思っていると、三人はこずえの軽自動車に乗り込んで、駐車場を出ていった。

自宅に帰り、ポストをチェックすると、ビニール袋に入った滋養強壮剤の試供品が入っていた。それを手にして家の中に入る。

敬老会のせいか、一人暮らしの家がひときわ寂しく感じる。試供品を資源ゴミとプラゴミに分別しようとしたとき、チラシの文字が目に入った。

「年齢だから、とあきらめないでください。二十年前の元気と精力が戻ってきます。今日一錠、明日一錠、今すぐ、お試しください」

チラシにはそんな言葉と一緒に、年配の男女が並ぶ写真が載っていた。男は精力に満ちた表情で女性の肩に手を置いている。横の女性は優しそうな笑顔を浮かべて男性のほうを見つめていた。雰囲気がどことなくこずえに似ている。

こんなふうにこずえの肩を抱いて二人で過ごせたら――そう思うと彼女への想いと田辺への嫉妬がわき上がってくる。

田辺は俺の高校時代の先輩で、女に手が早いうえに何股もかけるような男だった。当時好きだった同級生をあいつに横取りされたことはいまでも忘れない。こずえもあんな遊び人にオモチャにされるのかと考えると、あのときの屈辱とともに、体が震えるほどの怒りを感じた。

試供品の袋には二粒のカプセル剤が同梱《どうこん》されていた。こんなものが本当に効くのか、と考えていると天啓が閃《ひらめ》いた。

試供品のビニール製の小分け袋のジッパーを開けてカプセルを取り出し、真ん中からカッターで切り離した。中身を取り出しそこに毒性が強い禁止農薬を入れた。米で作った糊《のり》を付けカプセルを元のように接着した。

面倒になって、細工するのは二錠のうちの一錠だけにした。カプセルなら中の味がわからないから好都合だ。鈍感な田辺だから、ろくに確かめもせずカプセルを口の中に入れるに違いない。

作業後に軍手を着用して指紋の付いたところを丁寧に拭いて、袋に入れ直した。朝早く、田辺のポストに改造した試供品を投げ込んだ。

夜八時、田辺の家の方から救急車のサイレンの音が聞こえてきても罪悪感はなかった。こずえにたかる害虫を農薬で駆除したと思っただけだ。妻を亡くして一人暮らしの田辺だから自力で救急車を呼んだのだろう、助かるか死ぬかは運次第だ。農薬は自分の菜園用に隣の農家から盗んでおいたものだから足は付かない。農家だって禁止されている農薬を使っていたとは言わないはずだ。

次の日の午前十時頃。様子を探りに田辺の家に行くと、黄色いテープが張り巡らされ、人だかりができている。

聞き耳を立てていると、野次馬の話し声が聞こえてきた。

「田辺さんがあんな事をするなんてねえ、昔から女ぐせが悪かったらしいけど」

「毒を盛るなんて、亡くなったこずえさんがかわいそうだわ」

「本人はやっていないと言っているらしいですよ」

意外な出来事に顔から血の気が引いていくのを感じた。どうしてこずえが死ぬんだ。

彼女の最期が動画を再生するように頭の中に浮かび上がる。

こずえを自宅に連れ込んだ田辺が、試供品の滋養強壮剤をこずえに渡す。自分も欲情に目を輝かせながら残りのカプセルを口の中に入れる。

こずえが運悪く死んだことよりも、二人がいっしょに強壮剤を飲む仲だったことがショックだった。二人はもうすでに関係が出来ていたのだ。そう思うと嫉妬と絶望が混じり合った感情が込み上げてきて、立ちくらみをしたように体がふらつく。

深呼吸をしてから、現場を去ろうとすると、そばにいた白髪のばあさんが声を掛けてきた。

「顔色が悪いようだけど、大丈夫」

彼女は生徒の様子を尋ねる教師のように言った。俺の心を見透かすような鋭い視線だ。

「知り合いが死んだらしくて、気分が悪くなったんだ」

追い払うように相手の顔の前で手を振り、歩き出した。あのばあさん見覚えがある、と振り返る。彼女は俺から顔を背けるようにしてバッグから何かを取り出すと口の中に入れた。

　思い出した。敬老会の終わりにこずえと一緒にいたばあさんだ。背の高さと白髪をポニーテールにしているのがそっくりだった。


　次の日。「平野署《ひらのしょ》」の者だと名乗る二人の刑事がやってきて、俺から事情聴取したいと言ってきた。

　案内されたのはテーブルと椅子だけの殺風景な部屋だった。鎖で固定された椅子と、金網が張られた窓を見て、俺の立場がどんなものか想像出来た。

　大隅《おおすみ》と名乗った青年が目の前に座るとノートパソコンを開いた。隣には係長と呼ばれていた中年男が座る。

　係長は背広のポケットから薬ビンを出すと、そこからカプセル剤を取り出した。それをペットボトルの水で喉に流し込む。俺と目が合うと「最近、胃の調子が悪くてね」と弁解をするように言った。そんな様子を見て、こずえもあんなふうに強壮剤を飲んだのかと心が痛んだ。

　大隅は「一昨日《おととい》亡くなられた白鳥こずえさんをご存じですか」と質問してくる。

　質問の意図を探るように俺は「同じ町内だから、名前くらいは知っている」と答えた。

「あなた――今村《いまむら》さんは現在こずえさんと同じ陶芸サークルに入っていて、去年は園芸の会でご一緒でしたね」

どうしてそんなことを刑事が調べているのか、不安が胸にともる。

「新聞で読んだが、こずえは田辺の家で死んだんだろ。だったらあいつが犯人に決まっている」

大隅はパソコンから顔を上げると「たしかにメディアではそうした情報が流れています。ですが、どうして田辺さんが犯人だと」

「女癖が悪いあいつは、うまいこと言ってこずえを自分の家に引きずり込んだのさ。夜中に一人暮らしをしている男の家に行ったんだ、二人には体の関係があったに違いない」

「それならどうしてこずえさんを殺害する必要があるんです」

鋭い質問に俺は言葉に詰まった。たしかにそうだが、本当のことは言えない。

「若い女に乗り換えようとか、無理心中でも考えたんじゃないか。強壮剤に毒を仕込むところがあのエロオヤジらしいところさ。動機についてはあいつに聞いてくれ」

思いつきを言って、大隅の反応をうかがった。彼は係長と顔を見合わせると、一呼吸置いてから話し出した。

「こずえさんはストーカー被害を訴えていて、それを相談しようと友人女性と一緒に田辺さんの自宅を訪れていたということのようです。こずえさんの友人が証言していますので確かでしょう。だから田辺さんには殺害の動機がないんです」

　ストーカーをしていたやつがいたとは知らなかった。どうしてこずえは俺に相談してくれなかったのか。想像とは違う事実に衝撃を受けた。

「ところで、先ほど『強壮剤に毒を仕込む』とおっしゃいましたが、どうしてそれをご存じで。そこはメディアに情報開示していないんだが」

　しまったと、心の中で叫んだ。どうしてそんなことを言ってしまったのか。係長が浮かべた薄笑いで気がついた。胃の調子が悪い――とか言って、薬を飲んでいたのは自分に「カプセル剤」を連想させるためだったのだ。

　崩れそうになりながらも俺は崖っぷちで踏みとどまった。失言しただけで確たる証拠があるわけではない。

「強壮剤というのは俺の想像だ。うちのポストに滋養強壮剤の試供品が入っていたから、あいつのところにも配られていたんじゃないか。タダのものには目がないあいつだ、きっと使うに違いないと思ったのさ」

「今村さんもあの試供品を持っているということですよね。それはどうされました」

　今度は大隅が質問してきた。答えるたびに見えないロープで首を絞められていくようだ。俺は腕組みをしながらどう返事をしようかと考えを巡らせた。

「もうすぐ、家宅捜索するための『捜索差押許可状』が届くから、覚悟しとくんだな」係長が言った。

使い残した農薬をどこに置いたか、必死で考えていると、大隅が透明な袋に入った大量の手紙を俺の前に置いた。

「こずえさんの友人の証言によると、体調の悪そうなこずえさんを見た田辺さんが、元気が出るからと試供品の強壮剤を勧めたというんです。健康な男性なら死亡するほどの量ではなかったようですが、ストーカー問題で心身ともに疲弊していたおばあさんは体が耐えられずに亡くなってしまった。ストーカーされていなかったら、こずえさんが死ぬことはなかった……これはご友人の言葉です」

目の前の手紙に見覚えがある。俺がこずえに出したものだ。

「こずえから一度も返事はなかったが、俺の手紙を大切に保管していたんだな」

俺は喜びのあまり大きな声を出した。手紙から顔を上げると、刑事二人は蔑むような目つきで俺を見ている。

闇の世界の証言者　深津十一

初出『５分で読める！　ひと駅ストーリー　冬の記憶・東口編』（宝島社文庫）

ヤマダタロウさんですか。こりゃまたかえって珍しい名前ですなあ。

名刺？　そんなもんいりませんわ。私はご覧の通りの有り様やないですか。そんな紙切れよりも、ほら、オーラっちゅうんかな、あと言葉づかいとか。こうやってるだけでも威圧感がすごいですわ。刑事さんは独特の雰囲気をお持ちですから、思わずスンマセンって言いそうになります。いやいや、べつに後ろ暗いことがあるわけやないですよ。言葉のあやですって、言葉のあや。

ほう、ハイライトですな。ええ、わかります。煙と一緒にラム酒の匂いがふっとね。へへっ、鼻が利くんですわ。あ、どうも。催促したみたいですんませんです。

ふう、やっぱ美味《うま》いですなあ。

それにしても、今日みたいな寒い日にも聞き込みとはご苦労さまです。しかも日付が変わろうかっちゅうような時間に、こんな所まで来られるなんてなあ。

よっぽどお困りで？

あ、すんません。さしでがましいことを申しました。勘弁したってください。

ううっ、さぶ。また風に雪が混じり出しましたな。もうちょっとこっちにどうぞ。そうそう、コンクリの壁がちょうどよい具合に風よけになってね、ほんの半歩入るだけでだいぶ違うんですわ。頭の上を電車が通るとやかましいですけど、雨風はなんとか防げますから贅沢《ぜいたく》は言えません。

えっとね、ここへ移って来たんは十二月に入ってすぐでしたから、もう二カ月っちゅうとこです。ええ、ええ、もちろん昼間もずっとおりますよ。

はあ、昼の十一時過ぎですか。さっき日付が変わりましたからきのうのことになりますな。その頃もここにいたと思いますけど――

時計？　持ってませんわ。こんな生活で時計なんか持っててもしゃあないですやろ。どうしても知りたい時には、通りがかりの人に聞けばええことですし。この上を走る電車でもわかりますわなあ。あ、もしかしてアリバイっちゅうやつですか。うわ、どうしよ。そんなもんありませんわ。だいたいが一人ですもん。

えっ、私やないんですか。ああびっくりした。年寄り脅かさんといてください。ええ、もう年が明けましたからな、今年で六十五ですわ。この冬の寒さは堪《こた》えます。こうやって毛布を引っ被っってても夜はねえ。

おっと、すんません。私のことはどうでもよかったんでしたな。で、十一時頃に四十代前半の男が、この辺で落とし物ですか。四十代前半の男、四十代の男――

ああ、たしかに男がここ通りましたわ。うん、間違いないです。十一時ちょっと過ぎやったかな。へ？　適当なことなんか言うてませんて。刑事さんに嘘《うそ》なんかついたら、あとで大変なことになりますもん。

おっ、電車が来ますな。最終の一本前ですわ。通過中はやかましゅうて話し声が聞こえんようになりますさかい、ちょっと待ちましょ。ほい、反対向きも来た。

ふう、さすがにダブルはきついな。頭の芯に響きよる。はい、今のは上りの快速電車と下りの普通電車ですわ。ここ、昼間やったらだいたい十分に一本、上りか下りのどっちかが通過するんです。おかげで、時計なんか持っとらんでも真夜中以外は正確な時間がわかります。

えっと、なんでしたっけ。そうそう、男の話の続きでしたな。

すんませんけどちょっと下がってコンクリの向こう覗いてみてください。自動販売機がありますやろ。そう、細長のしょぼいやつが。きのうはその自動販売機の集金の日やったんですわ。コーラやらお茶やら積んだトラックが来て、お金集めて、中身の補充をするんです。その時間が、いつもだいたい十時四十分ごろなんですわ。きのうもそんなもんやったはずです。もし正確な時間が必要やったら、そこの会社に聞いてみられたらどうです？　あ、すんません、私が偉そうに言うことやないですな。

話、戻します。きのうも自動販売機の業者さんがいつも通りの作業して、トラックが行って、それから五分ぐらいした時に一人の男が来ましてね。そこの自動販売機で缶コーラを買ったんです。いや、顔出して覗いたりしてませんて。私はできるだけ目立たんように、コンクリのこっち側で今みたいにして座ってたんですわ。ここ、物陰になって目立ちませんやろ。最近はホームレス狩りとか物騒なことが多いですから、できるだけ隅っこにいるようにしてます。そやから、その男も私のことには気づかんままやったと思います。

いやいや、見なくてもわかるんですって。まず足音がしますやろ。その時は小走りっちゅうか駆け足っちゅうか、とにかくあわただしい足音でした。あれは硬い革底の靴ですな。そうそう、今刑事さんが履いておられるんと同じようなやつですわ。そんでさっき刑事さんが歩いて来られたんと同じ方からせわしない足音が近づいて来て、自動販売機の前で立ち止まったんです。なんか知らんけど、息をはあはあ言わせてましたな。うん、そうや、あれは男の息づかいでしたわ。

でね、ああ、これはお茶かなんか買うなって思ってね、耳を澄ませてたんです。そしたら案の定ですわ。くそ寒いのに缶コーラを買ってね、その場で一気飲みでした。よっぽど喉渇いてたんやないですか。相当てんぱってた感じでしたもん。

いや、だからそれを今から説明しますって。せっかちな刑事さんやなあ。

すんませんけど、ちょっと自動販売機の前まで行って、なにを売ってるか見てもらえますか。うん、うん、ほら、やっぱりですわ。温かい商品の方には緑茶と紅茶とが二つずつですやろ、短いペットボトルのやつが。そんで冷たい方には長いペットボトルのミネラルウオーターとスポーツドリンクと缶コーラ。うん、ここんとこずっと一緒ですわ。そやからね、商品が落ちる音が違うんです。ペットボトルと缶とでは。何回か聞いてたらすぐわかるようになりますって。さっきも言いましたけど、私、ここに二カ月おりますから。ペットボトルの長さの違いも聞き分けられます。でね、今、その自動販売機で売ってる缶のやつは缶コーラだけでしょ。

そんなわけで、その男が買ったんは缶コーラで間違いなしですわ。

ビニールの小袋？　男がこの辺で落としてるはず？　ああ、刑事さんはそれを探しておられるんでしたな。うーん、ビニールの小袋は落とさんかったと思いますなあ。

あ、いや、小袋はの「は」に意味はないです。いやいや、ほんまに――わ、わかりました。言います。言いますって。そんな怖い声出さんといてください。まるでヤー、あ、いやなんでもないです。

その男が自動販売機の前で小銭チャラチャラいわせてるうちに一枚落としましたんや。十円玉でした。あわててたんか、手ぇかじかんでたんでしょうな。その時、聞こえたんですわ。「くそっ」って舌打ちする声が。それが男の声でした。子どもやない大人の男の声でしたな。はい、間違いないです。さっき「はあはあ」の息で男やとわかったなんて言いましたけど、ほんまはこの時の声でした。まあ、「くそっ」だけでしたから、四十代かどうかまではわかりませんけどね。なんかえろう急いでたみたいで、落とした硬貨を探そうともしませんでした。それでまた小銭を取り出して缶コーラを買いましたな。

はい、そうです。男が落とした十円はあとで拾いました。自動販売機の周辺をはいずり回って探しました。でも、ビニールの小袋はありませんでしたな。うん、小袋でしょ。ビニールの――あ、え？　もしかして、それって――

なんでもないです。よけいなこと言いました。すんません。すんません。

いや、まだ使《つこ》うてません。そこに置いてる空き缶ですわ。半分に切ってあるやつ。中に小銭入ってますやろ。その男が落とした十円玉もその中に入ってます。見せ金っちゅうかね、空っぽにしとくより、少し入ってた方が次の人が入れやすいんですな。

これでワンカップでも買いなさい。チャリーンってね。

はい、その通り。さすが刑事さん、お見通しですな。ここにおるとね、聞こえるんですわ。自動販売機のとこで小銭落とす音が。特に何枚かまとめて落とすと拾い忘れっちゅうのが結構あるんですな。はい、それを頂戴するんです。もちろん、そんなもんだけでやっていけませんけど。まあ、ある程度は当てにして、ここに陣取ってます。

ええ、知ってます。拾得物横領罪ってやつね。

へっ？　そうですか。それはどうも。いやあ、話のわかる刑事さんでよかった。

いやいや、もちろん、その十円玉はどうぞお持ちください。なんなら空き缶ごとどうぞ。証拠になるんですやろ。男の指紋、当然ついてますわな。私はほら、この通り、寒いもんですから軍手はめっぱなしで指紋はつけてません。ご安心を。

あ、そうや。もし指紋が必要やったら自動販売機のボタンのとこにも残ってるんやないかなあ。きのうの昼の商品補充から今まで、缶コーラ買ったん、その男だけですもん。ここんとこずっと寒かったから全然売れませんのや、冷たいコーラ。

しかもその指紋、自動販売機の業者さんがボタンの動作確認した後についてますから、きのうの十時四十分以前のものやないっていうことが確定できるんやないですか。わかるんでしょ？　指紋の重なり具合から、どれが一番後についたかって。

あっ、待てよ。自動販売機の中の硬貨にもついてるんとちゃいますか。もちろん指紋です。コーラ買った男の指紋。それともおつりとかに回るんかな。機械の仕組みようわかりませんけど。それも業者に聞けばわかりますやん。警察の捜査やったら、中の硬貨も提出しなさいってことができるんでしょ。

いや、まあ、その辺は昔いろいろありまして、ちょっとくわしいんですわ。

なにやってたかって？　へへっ、それは勘弁してください。

ああ、空き缶はもうないと思います。アルミ缶はタツ公がすぐに回収してしまいよるんですわ。

で、その男が行ってしばらくしたら下りの区間快速が通過したんです。たしか十一時七分のやつですわ。時間、ぴったり合いますやろ。

はあ、証言ですか。もちろん協力させてもらいますけど。

いいんですかね。私らみたいなもんの証言が証拠になりますんやろか。へえ、そうですか、そらもうお役に立てるんなら喜んで。私、こんなですから男の顔は見てませんけど、まあ、電車のおかげで時間だけははっきり覚えてます。

あ、来ましたわ。刑事さんには聞こえませんか？　下りの最終電車が近づいて来た音。午前零時二十三分にこの上を通過するんです。

え、今から？　えらい、急ですな。

いや、そやかてほら、真夜中やし。朝になってからではあきませんの？

痛っ。

ちょっと、なにしますんや。まるで犯人扱いですやん。

自分で行きますから、その手を放せって、こら。

あ、今のその声。「くそっ」って――

きのうの男の声そっくりや。

あ、あんた、ほんまに刑事さん？

うわ、なにするんや。無理に引っ張ったら、足がつっかかるやろが。気ぃつけてもらわんと、私はこの通り、目が、見えへんのやで。

うぐっ、息が。

誰か、助け――

全裸刑事チャーリー股間カフェ

七尾与史

初出『3分で読める！　コーヒーブレイクに読む喫茶店の物語』（宝島社文庫）

「お客様、当店にはドレスコードがございまして……」

チャーリーの後について店に入ろうとした僕に店員が声をかけてきた。

「ここもかよぉ」

僕は思わず毒づいてしまった。ここは南青山《みなみあおやま》にある、ハイセンスな内装が人気となっているカフェ「マーラ」。建物全体がガラス張りなので屋内でありながらオープンカフェを思わせる空間になっている。そんなカフェだからもちろん店員もファッションセンスが高い。といってもアートなデザインが施されたエプロンや、仕立てのいいシャツやズボンを着用しているわけではない。オープンカフェを思わせると言ったが、股間もオープンだ。

「ほら、七尾《ななお》。さっさと脱げ。郷に入っては郷に従うだ」

そう言ううちにチャーリーは熟練した手つきで僕からズボンとパンツを剝ぎ取った。あっという間に僕の股間は露《あら》わになる。僕は慌てて股間を手で覆った。こんなとき充分に手のひらに収まるサイズであることは「痛し痒《かゆ》し」といったところだ。その隙にチャーリーは僕のスーツジャケットとワイシャツを一瞬で脱がせた。まるで手品だ。

店員は僕の着衣を受け取ると「お帰りの際はこちらを見せてください」と番号札を渡した。着衣は店で大切に預かるという。希望をすれば無料で焼却処分もできるようだが断った。

「それではこちらにどうぞ」

店員は僕たちを奥の席に案内してくれた。彼の股間にはおそらく一流の股間アーティストによるデコレーションが施されている。テーマは天空へと上りつめるドラゴン。実に見事な細工である。相当にお金もかかっているに違いない。龍《りゅう》の頭を上向かせるためには、常に気力を振り絞らなければならないはずだ。僕にはとてもマネできそうにない。

店員は注文を取ると僕たちから離れていった。

「俺に言わせれば股間デコレーションなどは服を着ているに等しい。虚飾だよ、虚飾。真の全裸とは生まれたままの姿のことを言うんだ。実に嘆かわしい」

チャーリーは店員の股間を呆《あき》れ顔で見つめると吐き捨てるように言った。チャーリーはどんな小物でも見える形で身につけることを忌み嫌う。財布も警察手帳もお尻の内部に収まっているようだ。直腸にそんなものが収まるものなのかと当初は疑問に思ったが、意外と大容量なのである。以前も一キログラムの金塊を隠して密輸しようとしていた男が逮捕されている。それはともかくチャーリーが中から財布や手帳を取り出すシーンはあまりにもおぞましいので見ないようにしている。

「ここも賑《にぎ》わってますね」

店内はほぼ満席だった。ヌーディスト法案が施行されて数年が経《た》った今、ヌーディストはほぼ市民権を獲得しているといってもよい。ここ最近、特にヌーディストを対象とした店も増えてきたし、ヌーディストグッズにおいては三兆円規模の市場といわれている。街を歩けばあちらこちらで全裸姿を目にする。おかげで日本中の洋品店の半分が店じまいをしたらしい。先月あの「ユニ●ロ」が倒産したというニュースが流れたばかりだ。

そんな中でも僕はスーツにこだわる。これは僕の文明人としての矜持《きょうじ》である。人間とその他霊長類との違いは服を着るか着ないかだと思う。服を着なくなったら動物と一緒だ。そんな主張をチャーリーにしようものなら、鉄拳が飛んでくるので口にしない。ひと昔前ならパワハラだが、今は「全裸に対する不当なヘイト」ということで僕が糾弾されてしまう世の中だ。

「七尾、あれを見ろ」

突然、チャーリーが僕の背後を指さした。僕は振り返る。ガラス壁にはなにやら大量の色紙が貼りつけられていた。

「あれは……チン拓？」

「ここはコーヒーの汁で『拓る』サービスがある。有名人のチン拓もあるらしいぞ」

「へえ、見てみましょう」

僕たちは立ち上がると壁に近づいてチン拓を眺めた。形状も大きさも風味も違う。

ない。

「人の数だけ股間がある。それは人々の人生のように唯一無二だ」

チャーリーがなんだか偉人の格言みたいなことを口走っているが心に一ミリも響か

その時一枚のチン拓が僕の目に留まった。

「チャーリーさん！」

僕はその一枚を指さした。「これ、先月の股間痕ですよ！」

ヌーディストが激増したことによって、犯罪捜査において股間痕が指紋や足痕と同じくらい重要な手がかりとなった。科捜研には股間鑑定の専門家も配属されている。

先月浅草橋《あさくさばし》駅近くの民家で起きた殺人事件。現場の窓ガラスに犯人のものと思われる股間痕が残されていた。

「おいおい、それだけじゃねえぞ。これは被害者のチン拓だ」

「そ、そうなんですか！」

「そしてこれとこれとこれ！　他の事件の被害者のチン拓じゃねえか」

「ま、マジですか⁉」

被害者の股間までは把握していなかった。さすがはチャーリー、一度目にした股間は忘れないと豪語するだけのことはある。それにしてもこんなところに犯人と被害者の接点があったとは！

「おい、店長を呼べ！」

チャーリーは近くを通りかかった店員に言った。いきなりの出来事に目を白黒させている店員に向けて「警視庁のもんだ」と穴からグニャリと音を立てて取り出した警察手帳を突き出す。思わず取り出すところを見てしまい喉元までこみ上げてきたものを飲み込んだ。

それから間もなく僕たちは奥の事務所に通された。テーブルを挟んで店長と向き合う。彼は頭も股間もスキンヘッドだった。チャーリーは「これぞ全裸中の全裸」と高評価だ。慈しむような眼差《まなざ》しで相手の股間を見つめている。

「このチン拓なんですけど、誰のものですか」

僕ははやる気持ちを抑えて、壁から剝がしてきた色紙を見せた。凶悪犯罪の手がかりがこんなところに残されているなんて思いもしなかった。

「うちの常連客である厚皮《あつかわ》かむり先生です」

「厚皮かむりといえば有名な股間アーティストですよ」

「私も先生にデコってもらいました」

店長は誇らしげに言うが、ただのスキンヘッドだ。しかし表面のツルツル感とまばゆいばかりの輝きは厚皮の手によるものだという。

二時間後。僕たちは渋谷区松濤《しょうとう》にある厚皮の自宅を訪ねた。瀟洒《しょうしゃ》で豪奢《ごうしゃ》な建物、まさに股間御殿と呼ばれるにふさわしい。玄関から出てきた厚皮は意外にも着衣姿だった。年齢は五十代といったところか。舞台俳優を思わせる渋い顔立ちだ。新進気鋭のアーティストだが、元々資産家の子息らしい。豪華な調度品が並ぶ応接間に通された。壁には女性の肖像画が掛かっていた。頬がふくよかで髪を頭頂で団子状にまとめている。どういうわけかチャーリーはその絵画を食い入るように見つめていた。

「行方《ゆくえ》不明の母です。三十年も前に蒸発しました。この絵は四十歳当時の母です」

「なるほど。今から署に出頭してもらいたい」

チャーリーが告げると、厚皮はあっさりと了承した。

そしてここは渋谷署にある取り調べ室だ。薄暗い部屋の中でチャーリーはデスクを挟んで厚皮と向き合っていた。

「内藤拓哉《ないとうたくや》さん、佐々木要二《ささきようじ》さん、金子忠志《かねこただし》さん、小泉明丈《こいずみあきたけ》さん、村上忠義《むらかみただよし》さん。この一年で起きた殺人事件の被害者たちのチン拓だ」

チャーリーはデスクの上にカフェ「マーラ」から借りてきたチン拓を並べた。厚皮は静かに見つめている。

「そしてこの絵。あんたの自宅で見た絵だ」

チャーリーは絵画の写真をチン拓の横に並べた。厚皮は目を細める。

「あんたからたしかに捜索願が出ているが、彼女はあんたに殺された。違うか」

「えっ⁉」

僕は思わず声を上げてしまった。厚皮は唇を強く噛《か》んでいる。

「動機は窺《うかが》い知れん。とにかくあんたは母親を殺害して人知れず完璧に処分した。そして捜索願を出して何食わぬ顔でいた。しかし母親を殺しただけではその憎悪が晴れなかった。だからこの人たちを殺したんだな」

チャーリーは今度は被害者たちのチン拓を一枚一枚指し示した。しばらく逡巡《しゅんじゅん》していた様子の厚皮だったが、やがて観念したように頷《うなず》いた。

「ちょ、ちょっと……いったいどういうことなんですか⁉」

話にまるでついていけず二人に詰め寄った。

「被害者たちのチン拓には共通点がある。よぉく見てみろ」

僕は言われたとおりチン拓を食い入るように見つめた。

「形状が似通ってますね」

「それだけじゃないだろ。さらに読み取るんだよ」

僕は精神を集中させた。しかし分からない。

「服なんて着てるからダメなんだ。生まれたままの姿になれ」

チャーリーは立ち上がると僕からスーツやパンツを剝ぎ取った。あっという間に全裸になった。厚皮が僕の股間を見てプッと噴き出した。

こ、こいつ……人の股間を笑うな！

僕は厚皮が許せなかった。だから神経を研ぎ澄ませてチン拓の解読に集中した。チャーリーが読み取ったもの。それはいったいなんなのか⁉

全裸が功を奏したのか、それから数分後に僕はあることに気づいた。

「人の顔だ。チン拓が人の顔に見えるぞ！」

チン拓は若干局部が押しつぶされているため顔の輪郭に見える。さらにコーヒー汁をインクとした印影が目鼻立ちを浮かび上がらせていた。陰毛はヘアスタイルとなり、輪郭から少し突き出た丸みを帯びた先っちょは頭頂のお団子ヘアに見える。そしてその顔立ちやお団子ヘアは絵画の女性に酷似していた。

「あんたはカフェで目にした母親に似たチン拓に殺意を抱いた。それだけ母親に対する憎悪が尋常ではなかったんだ。そうだな？」

厚皮ははっきりと首肯した。そして母親に幼少期から酷《ひど》い虐待を受けていたことを告白した。積年の恨みが限界を超えて復讐《ふくしゅう》を果たした。しかし憎悪が治まることはなく、それからも母親に似た女性を殺害したという。そちらも未解決事件だ。そして今回はたまたま行きつけのカフェで見かけた母親の面影を強く示す五枚のチン拓。殺意を抑えることがどうしてもできなかったという。

二日後、僕たちはさらにウラを取るためにカフェ「マーラ」を訪れた。

「俺たちも記念にチン拓を残そうぜ」

「断固拒否します……」

と答えるよりも早くチャーリーに服を脱がされた。

今では僕のチン拓がチャーリーのチン拓の隣に並んでいる。

サイズ、形状、そしてなにより屹立《きつりつ》の状態。

比べれば比べるほどその差は歴然だ。まさに公開処刑に等しい。僕はそれ以来、南青山には近づかなくなった。

愛国発、地獄行きの切符　八木圭一

初出『5分で読める！　ひと駅ストーリー　旅の話』（宝島社文庫）

未沙《みさ》は、飛行機の窓に吸い寄せられるようにして身を乗り出していた。

羽田を七時五十分に発《た》ったＪＡＬの５７３便は、とかち帯広《おびひろ》空港に向けて最終の着陸態勢に入り、高度を下げ始めていた。眼下には一面の大雪原が広がっている。真っ平らな銀世界の中に家がポツン、ポツンとある。それは幻想的であり、かつ懐かしい景色だった。

反対側を振り向くと、隣のシートでは窮屈そうなスーツに身を包んだ巨漢が相変わらず小さな鼾《いびき》をかいている。外界は氷点下の世界だというのにどこか暑苦しい。

もう一度、窓の外に眼をやった。ゆっくり、ゆっくりと大地が近づいてくる。

やがて、大きな振動とともに機体は滑走路に着地し、隣の巨漢が突然眼を見開いた。揺れがきて、ジェットエンジンの音が耳をつんざく。アナウンスの後、機体は空港ターミナルに向かって走行を続ける。動きが止まると、巨漢が立ち去り、空間が一気に広がった。

機体を出て通路に入った途端、驚くほどの冷気に包まれた。途端に首をすくめる。目の前のスカートにロングブーツの若い女性から「さむーい」という言葉が聞こえてきた。未沙はダウンにパンツにスニーカーと、動きやすい格好で身を固めていた。

到着ロビーを抜けると未沙はエスカレーターで二階に上がり、カフェに入った。カウンターでホットコーヒーをオーダーして受け取ると、窓際の席に腰を下ろす。客はあまりいない。ダウンのジャケットを脱ぐ。

バッグから手帖を取り出して開いた。周囲を一瞥《いちべつ》してから大きなサングラスを外す。そこには今回のスケジュールプランが詳細に書き込まれていた。自分の意志だけでは動かせないため、不測の事態に備えた対応、注意すべきポイントもまとめている。

数時間後に訪れる人生の分岐点。選択肢は、AかB。それ以外はない。

〈それ以外はない。〉という文字は幾重《いくえ》にもボールペンで丸囲みがなされていた。

このプランは数ヶ月前から練りに練って、何度も見返した。頭に叩き込まれている。

ブラックのコーヒーが喉に吸い込まれていく。いまはただ苦味だけが欲しい。もう一杯お代わりして、ゆっくりと飲み干した。右手が微《かす》かに震えている気がした。

腕時計に眼をやった。そろそろ、待ち人が到着する時間だ。一階へ降りる。エントランスのドアを開くと、今度こそ本格的な寒さが襲いかかってきた。マフラーに顔を埋《うず》める。

一直線に、真っ白いカローラフィールダーへと進んだ。後部座席を開けて、スーツケースを押し込む。そして、助手席に乗り込んだ。シートベルトを締める。

「雪道、慣れていないでしょ。運転、わたしが代わろっか」

「いや、何度も走ったさ。スピードは出さないから、大丈夫だよ。無茶はしない」

車がゆっくりと動き始めた。運転席に座る赤津《あかつ》仁《じん》は未沙より九つ上だ。フリーのカメラマンをしている。未沙が旅行雑誌でモデルをしていたときに撮影で知り合った。腕は一流で、自分の魅力を引き出してくれる写真を見るたび、胸が躍った。

　妻子がいることを知りつつ、赤津の魅力に惹《ひ》かれて深い関係になった。慎重な赤津は、都内で会うことを避け、地方での仕事にたびたび未沙を誘った。そうして日本中を不倫旅行してきたのだ……。

「本当に行くのか、あの、安っぽい駅にさ」

　故郷をバカにされた気がして、未沙は苛《いら》ついた。

「このすぐ近くなのよ。ちょっとくらい、いいでしょ」

「知っているよ。俺も撮影に行ったことがあるからな」

　空港の近くに、観光客向けの名所がある。いまはもう廃線になってしまい、使われていない駅舎の「愛国駅」と「幸福駅」だ。未沙が生まれる前、もう随分と昔だがテレビ番組で紹介され、縁起がいいと、愛国駅から幸福駅行きの切符が話題となった。「愛の国から幸福へ」というキャッチフレーズとともに流行し、歌も誕生したらしい。

　現在でも、フォトウェディングの場所に使われることもあるようだ。帯広で生まれ育った未沙は、三十三歳になるまで、一度も訪れたことがなかった。両親が事故死したこともあり、大学進学で上京して以来、帰省するのも数年に一度あるかないかだ。子供の頃、父からもらった「幸福行き」の切符は御守《おまもり》にしていた。

愛国駅に到着すると、未沙たちの前に、若い男女が一組だけ来ていた。二十代前半だろうか。自撮り棒の先のカメラに向けて顔を寄せ合い、ポーズを取っている。

「冬は日曜日以外閉まっているようだ。もういいだろ」

カップルをぼんやり見ていた未沙に赤津が言い、車に乗り込む。赤津は早く目的地に着きたいようだ。これから一時間半かけて、上士幌町《かみしほろちょう》の糠平湖《ぬかびらこ》に向かう予定だった。

湖の中にタウシュベツ川橋梁《きょうりょう》という、古代ローマ遺跡を思わせる美しい橋がある。ダムの水が凍結する冬以外は、水位が下がった時にだけ姿を現すため、幻の橋とも言われる。赤津のお目当てはその橋だ。明日は近くから撮影する予定だが、今日も展望台から狙いたいと事前に聞いていた。旅行雑誌の特集ページの巻頭をかざることになるらしい。未沙は橋をまだ見たことがない。

「幸福駅はいいだろ。糠平湖とは反対方向だ。せっかくこんなに天気が良い〝十勝晴れ〟だし、明日は雪が降るというからな、今日が絶好の撮影日和《びより》なんだ」

たった十分なのに、という言葉を呑み込む。わかっていた台詞《せりふ》だ。

「うん。ただ、ここに来たら聞いてみたかったの。約束のこと、どう考えているのか」

「約束って、なんのことだ」と惚《とぼ》けられ、未沙は「結婚のこと」と即答する。

赤津が黙り込む。溜め息が聞こえてくるようだ。その答えも初めからわかっていた。

「玲奈《れな》ちゃんが小学校を卒業するまで待ってくれと言われて、わたしは待ち続けた。

それが、中学校を卒業するまでに引き延ばされた。この三月には卒業するはずよね」

「ああ、そのことならもう忘れたのかと思っていたよ……」

「それって、どういうこと？　はっきり、あなたの言葉で聞かせて欲しい」

「結婚なんて昔話だろ。だから、そんな約束はなくなったと思っていた」

悪寒《おかん》がして身が震えた。自分でも信じられないほど強烈な殺意が胸の奥底から湧き起こってくる。もともと芽は出ていたのだ。この男がいま急成長させてくれた。いま、選択肢はたったひとつに絞られた。ゆっくりと呼吸を整える。

「そう、わかったわ」と答えると、赤津は意外そうな視線を向けてきた。「わかってくれるのか」と問われ、未沙は首を垂れた。

「もうすべて終わりにしましょう」

「まあ、そうなるよな」運転席の男は他人事のように呟いた。

「ええ、わたしも幸せになりたいの。未来のない恋愛はもう疲れた。わかるでしょ」

「ああ、わかるよ」赤津が大きく溜め息を吐き出した。

「あなたの奥さんに関係がバレたらわたしは訴えられるかもしれないの」

「いや、あいつはトロいし、鈍感だから、絶対にバレてない」

殺意を増長させる言葉だった。憎らしかった彼の妻でさえ、いまでは味方に思えてくる。

「ただ、ずっと罪悪感はあった。君には本当に申し訳ないことをしたと思っているよ」

未沙は窓の外に眼をやった。殺意が溢《あふ》れ出てくるのを感じる。選択肢のAは、彼を殺して自殺するというものだった。Bは、彼を事故に見せかけて殺害するというものだ。自殺をすることはもう考えられない。即決できた。Bしかない。こんな男のために、自分の命を投げ出すのはもったいない……。

赤津は写真家としてはプロフェッショナルだ。撮影の際は対象物に全神経を集中させる。その隙をついて、橋から突き落とす。必ずチャンスは訪れる。糠平湖にほど近く、北海道の国道で最も高度がある三国峠《みくにとうげ》が、絶好の機会だ。昔、家族三人で橋から身を乗り出して見た美しい紅葉の記憶が微かにある。

いま思えば、笑ってしまう。赤津が自分と結婚してくれるなんて、絶対にないとわかっていた。それなのに、心の何処《どこ》かで期待する気持ちを捨てきれなかった。

カローラは日高《ひだか》山脈に向かって快調に飛ばした。

自分が人殺しをするなんて……。でも、もう後には引き返せない。

やがて、予定時刻よりもずっと早く糠平湖にほど近い展望台に到着した。真っ白い雪の中に姿を現したタウシュベツ川橋梁は、遠くからでも幻想的で見とれるほど美しかった。思わず自分のスマホでも望遠で撮ろうとしたが、ちょっと距離がありすぎる。

様々な角度から二時間ほど撮影をした赤津が満足気に三脚を片付け始めた。

「よし、今度は三国峠だ。紅葉の季節が一番だが、白銀の樹海もいい。三国峠休憩所で本格的な自家焙煎《ばいせん》のドリップコーヒーを飲めるんだが、冬は休みなんだよな……」

赤津は自販機に立ち寄ると、コーヒーを買ってきてくれた。冷えきった身体に沁《し》み込んでいく。でも、こんなことでは騙《だま》されない。この後、未沙は最後の決断を下すことになるだろう。赤津が三国峠の駐車場に車を入れた。そのまま、赤津はなぜか、車を動かそうとしない。窓の外に目をやると、ゆっくりと夕闇が空を染め始めている。

残っていたコーヒーを飲み干すと、目眩《めまい》がきた。首を振る。でも、力が抜けていく。

「な、なぜ……」

「悪いな。強めの睡眠薬を入れたんだ」

「そ、そんな……」

「どんだけ付き合ったと思っているんだ。お前、さっきの嘘《うそ》だろ。目を見れば何を企《たくら》んでいるかはすぐにわかる。悪いが、故郷で人生に絶望した君には飛び降り自殺してもらう。明日は雪が降るし、あの大樹海だ。死体はしばらく見つからないだろうな」

悪寒が背中を走った。優しかった赤津の様子が、確かに今日は違っていた……。

「安心しろ。このまま眠れば天国まで一瞬だ。いや、地獄か」

赤津は悪魔のような顔で相好《そうごう》を崩した。なにも言い返せない。

意識が遠ざかっていく。哀れな末路だ。偽《いつわ》りの愛国駅から、地獄行きの汽車に乗ったのだ。親孝行できなかったが、死んでも両親のそばに行けないなんて――。

深い闇の中で、未沙は宙《そら》を浮遊している気がした。寒い。氷の世界に迷い込んだようだ。地獄って氷点下なのだろうか。

と、次の瞬間、思い切り頬を叩かれた。何度も繰り返される。

「しっかりしろ！　きみ、しっかりしなさい！」

気づくと未沙はなぜか巨漢に抱きかかえられていた。橋の下ではなく、上のようだ。

何が起きたのか。目の前の男はどこか見覚えがある。そうだ、飛行機で隣に座っていたあの男だ！

「てめえ、なんなんだよ！」

赤津が鼻と口から激しく出血している。どうやら、この男に自分は救われたのか。

「俺は探偵だ。あんたの妻に雇われて二人を追いかけていた。ずっと会話は盗聴していたんだ。あんたが彼女を殺そうとした証拠は残っている。終わりだよ、あんた」

赤津が鬼の形相で探偵に殴りかかったが、投げ飛ばされた。こんなことって……。

「大丈夫か、あんた。殺されるところだったんだぞ」

未沙は御守の切符を握りしめ、探偵の胸にしがみつき涙が涸《か》れるまで泣き続けた。

水音

城山真一

初出『５分で読める！　ぞぞぞっとする怖いはなし』（宝島社文庫）

三月下旬になると、金沢《かなざわ》も暖かい日が増えてくる。耳かき屋の女店主、鶴子《つるこ》は浅野川《あさのがわ》近くの歩道を歩いていた。川沿いのソメイヨシノは、あと十日もすれば白い花が咲き誇るだろう。

小一時間ほど歩いていたら、少し日がかたむいてきた。そろそろ店を開ける準備をしなければならない。鶴子の店は自宅を兼ねた長屋にある。

川沿いの広い歩道から一本脇の細い路地に入った。明治という元号になって三十年が過ぎ、二階建ての家も少しずつ目につくようになった。だが、いまだにこのあたりはどこも古い平屋ばかりだ。

鶴子は長屋の手前でふと足を止めた。足下は畳二枚ほどの橋。その下には細い用水が流れている。上流はずっと暗渠《あんきょ》になっており、どのあたりから流れているのか、わからない。

去年の春、この長屋に越してきたころの記憶が頭をかすめた。

早咲きの山桜が散り、薄赤い花びらが用水の上流から流れてくるのを、橋の上からよく見下ろしていた。

あのときの、長屋の大家の言葉が耳によみがえってくる。

――山桜が散ると、今度は浅野川の桜がふくらみ始めるんだ。

たしかに一年前は、用水が合流する浅野川のまわりでソメイヨシノが色づいていた。

ところが今年は、浅野川のソメイヨシノがすでに白味を帯びているのに、山桜の薄赤い花びらが用水から流れ出るのを見たことはない。なぜだろうか。

そんなことをつい考えてしまうのは、ここに住み始めたころの不安な思いが頭の片隅に残っているせいかもしれない。

四十手前の女が、知らない土地で一人でやっていけるのか。去年の今ごろは、そんな思いを胸に、この橋の上からぼんやりと用水を眺めていた。

あのとき、暗渠から流れ出る花びらが河口へ下っていく様子に、胸の奥にあった不安が少しずつ消え失せていく気がした。

長屋や茶屋街の人たちに助けられて、楽しく一年を過ごせた。やはり、ここへ越してきてよかった……。

そんなことを考えていると、長屋のほうから、ことん、と音がした。

それは長屋の一番手前、鶴子の家から聞こえたようだった。

誰か部屋にいるのかしら。もしかして物取り？　部屋に取るようなものは何もないのだけど。それとも早い客が来たのかしら。

軽い不安を覚えながら、鶴子は長屋へと歩を進めた。

大戸をひくと、土間に一足の草履が並んでいた。女物に少し安堵《あんど》する。

座敷へ通じるふすまを開けると、一人の女が足を崩して坐《すわ》っていた。

鶴子は、いらっしゃいませと、ほほえんだ。

「あがらせてもらってるわ」

なれなれしい口調だが、知らない顔だった。

女は小窓から差す夕方の陽を避けるように少し首をかしげている。

「耳かきのお客様でしょうか」

「そうよ」

女はうりざね顔で、歳の頃は三十代半ば。鶴子より少し若い。派手な着物を着ているが、生地は薄く高価なものではない。

女を眺めてわかったのは、それだけではない。もうひとつ……。

「そんなにじろじろ見ないで」

女が細い眉をきゅっと寄せた。

「耳かきの前に、お茶でも召し上がりますか」

女がうなずいたので、鶴子は土間で茶を出す準備をした。

座敷に戻ると、茶を注《つ》ぎながら、

「うちのお店はどこでお知りになりましたか」と女にたずねた。

「このへんを散歩してて見つけたの」

腑《ふ》に落ちなかった。日中、看板は下げていないのにどうして知っているのだろう。

女は茶に口をつけると、満足そうに小さく鼻を鳴らした。

「この耳かき屋、いつからやっているの？」

癖なのか、女は話すとき、少しだけ顔をかたむける。

「一年ほど前です。この長屋に住み始めてすぐに」

「ふうん」

女が口元を手で隠して意味深な目をした。

鶴子が居心地の悪さを感じていると、

「あなた。前は娼妓《しょうぎ》だったでしょ」

胸の奥が、ずきんと音をたてた。

「どうしてわかったのかって？　私と同じものをあなたに感じたからよ」

女を一目見て、鶴子のほうも気づいていた。その世界で長く生きる人間特有の雰囲気――。

近畿のほうで芸妓をしていた、と鶴子は長屋で通している。

芸妓だったのは本当だ。ただ、鶴子の借金は芸妓だけでは返せなかった。だから芸ではなく、身体を売るしかなかった。

それにしても……さりげなく女を見た。

女がここへ来た目的は、本当に耳かきだろうか。

「お客さんは、どちらからいらして？」

「犀川《さいがわ》近くの西の廓《くるわ》。置屋にもちゃんと籍はあったのよ」

最近、娼妓を取り締まる法律ができて、娼妓はどこかの置屋に必ず籍を置かなくてはいけなくなった。

「でも、とびだしちゃった。置屋って居心地が悪くて」

女はかたむけた顔をかすかに揺らしている。

小窓から差し込む夕日が女の影を壁に映し、その影がゆらゆらと動く。

「女将《おかみ》も芸妓もみんな娼妓に気を遣うでしょ。あれが嫌なのよ。表の態度と本音が違うのが透けて見えるというか」

鶴子はかすかにうなずく。

「男相手の商売だし根っこは同じと思うんだけど、娼妓と一緒にしないでほしいと、みんな思ってる」

窓の外で、子供たちが走り去る音が聞こえた。

茶を飲みほして女は茶碗を盆に戻した。「そろそろ耳かきしてくれる？」

女は寝転んで鶴子の膝に頭を置くと、右の耳を鶴子に向けた。

鶴子はかき棒を手に取って、耳かきを始めた。

初めての客のときは、ゆっくり、そっと耳をかく。

女はため息を漏らすと、じょうずね、といった。

「あんた、娼妓をしていたころ、何考えて生きてた?」

「さあ、どうだったでしょう」

「思い出したくないわよね。わかるわ。私なんかその日あったことだって思い出したくないもの。いやな客が多いしさ。娼妓を買いに来る男なんて、ろくでもないのばかりで、いいとこの旦《だん》さんなんてまず来ない。そういう人には決まった芸妓がいるから」

用水の流れる音が、外からちょろちょろと聞こえてくる。

「でも、最近、珍しいことがあってね。いい男が私を買いに来たの。身なりもちゃんとしているし、羽振りもいい。こんな男が来ることもあるんだって、驚いたわ」

鶴子は女の表情をちらりと眺めた。女の目はどこかぼんやりとしている。ここを離れて別のものを見ている。そんな感じだった。

「その男が、夜風にあたって歩きたい、丘の上に一緒に行こうって誘うから、二つ返事でついていったの。山手だから寒かったけど、木には花が咲いて、すぐそばには小さな川も流れてて、すごくいい場所だった」

女は思い出したように、ふふっと笑う。

「そのとき、なんだか妙に心が軽くなってね、思わず男の手を握ったの。そしたら」

女が急に口ごもる。

しばし沈黙してから、しずしずと口を開いた。

「男は私の手をはたいて、娼妓のくせにって、怒り出したの。どうして怒るのって訊《き》いたら、おまえらは犬猫と同じだろ、勘違いするなって」

「まあ、ひどい」

「それだけじゃない。私のことを力いっぱい蹴ったの。それで丘の上から転げ落ちちゃった」

「大丈夫だったのですか」

かき棒を動かしていた手を止めて、鶴子はたずねた。

「それくらい平気よ。でなきゃ、ここに来るわけないでしょ」

女は、耳かきを続けて、といった。

「でも、それから夜の街に立つのはやめたわ。転げ落ちてから、頭がぼんやりすることが多くてね。だから、こうしてふらふらしてる。この店もさ、夜遅くまでやってるんでしょ。へんな客が来ないか、あんたも気をつけたほうがいいわよ」

「ありがとうございます。じゃあ、右の耳は終わりましたので、左の耳を」

女が寝返りを打つ。

「こっちの耳なんだけど、最近、聞こえがよくないの。なかをよく見てかいてくれる？」

「わかりました」

女の左耳を覗《のぞ》き込んだ瞬間、鶴子の視界がじわりと狭くなった。

耳の穴がふさがっていた。何かがすきまなく詰まっている。これでは、聞こえが悪いどころか、まったく聞こえないだろう。

話すときに女が頭をかたむけていたのは、片方の耳が聞こえないことと関係があるのかもしれない。

鶴子は慎重に耳かきを動かした。薄い皮のようなものが剝《は》がれ、かき棒の先端に付着する。畳に置いた和紙でかき棒の先をぬぐっては、ふさがった耳の穴にかき棒をあてていった。

女の耳に詰まっているものを、一枚一枚取り除いた。やがて薄皮らしきものが何なのか気づくと、鶴子の背中にすうっと冷気が落ちた。

鶴子は動揺を悟られまいと、静かにかき棒を動かし続けた。

耳のなかが、ようやくきれいになった。

「これで全部取れましたよ」

声が上ずらないよう鶴子はつとめた。

「うん、聞こえる。でも……やっぱりおかしいわ」

「どう、おかしいのですか」

「耳の奥で音がするの。外の音が聞こえにくいときも、この音だけはずっと聞こえてた。なんだか水のなかにいるような……。そう、この音が聞こえるようになったのは、丘から転げ落ちてからよ」

「お医者に診《み》てもらったらどうでしょう」

「お金がもったいないし、医者じゃ治せないわ。治せるとしたら……」

寝たままの女が目線を鶴子に動かす。

「あんたしかいない」

「えっ。私？」

「そう。私と……替わってくれないかしら」

「替わる？」

「明るいところに出たいの」

女が急に鶴子の膝頭をぎゅっと握った。

ひやりとした指先の感触に、鶴子は思わず声をあげそうになった。

やっぱり、この女は──。

小窓からは、流水の音が聞こえてくる。

それにまじって、かたかたと乾いた音もする。

「ずっと暗いところにいるとね、自分が何者なのか、わからなくなるの。ねえ、替わってよ。お願いだから」

女が充血した目に力をこめると、鶴子の全身がざわりと粟立《あわだ》った。

かたかたと鳴る音の正体にも気づいた。自分の奥歯が震えているのだ。

「ねえ、お願い」

ねっとりとした女の声が鶴子の心をざらつかせた。

積み重なった記憶の層が崩れて、娼妓だったころの忘れたい記憶がよみがえる。

奥歯を嚙《か》み締めた鶴子は、首をゆっくり横に振った。

「どうしてよ。私とあんたは同じ。それは、あんただって、わかってるはずよ。なのに、どうして私だけ、こんな目にあうの？　あの晩、男についていった私が悪いの？　それとも、ずっと娼妓を続けていたせい？」

女の頭を膝の上から放りだしてしまいたかった。だが、この女を見捨てることはできなかった。鶴子は女に、もう一人の自分を見ていた。

娼妓をやめずに続けていたら、自分もこうなっていたかもしれない。

去年の春、用水の流れを眺めていた。光が閉ざされた長い暗渠と、娼妓だったころの黒く濁った日々が重なっているように思えてならなかった。

だが、それだけじゃない。暗渠から出てきた花びらが河口へ流れていく様子を見るうちに、自分の心が浄化されていくような気にもなったのだ。

この女は、まだ闇のなかをさまよっている。私にできることは……。

女のまなざしから逃れた鶴子は、恐怖をこらえて、女の耳に顔を近づけた。
ふうっと息を吹きかける。ゆっくり、ゆっくり。
すると、女は目を細めて、はああ、と深いため息をついた。
鶴子は女の肩にそっと手を置いた。
「お客さん、終わりましたよ」
長い静寂が訪れた。
時間が止まったかのように、何の音も聞こえなかった。

突然、ウワアという声が静けさを破った。
それは窓の外から聞こえた。

——用水から人の足が見えるぞっ。
——誰か巡査を呼んでくれっ。

鶴子の膝から女の頭は消えていた。
膝のあたりは、かすかな重みを残してびっしょりと濡《ぬ》れている。
鶴子は濡れた膝の冷たさに浸りながら、足元の和紙に視線を落とした。

そこには無数の花びら。今年まだ目にしていない山桜の花びらが和紙に張りついていた。

目をつぶると、まぶたの裏に用水から浮き上がる女の姿が映った。

女の全身には花びらがまとわりついていた。

鶴子はその色の鮮やかさに息をのんだ。

どの花びらも、女から血を吸い上げたかのように濃い朱に染まっていたのだった。

仲直り　梶永正史

初出『５分で読める！　ひと駅ストーリー　猫の物語』（宝島社文庫）

【ジョニー】

草むらを掻《か》き分けて進むと、良く手入れされた芝生の庭に出た。直前に水が撒《ま》かれていたようで、傾いた太陽の光でオレンジ色に反射している。黒猫のジョニーは濡《ぬ》らせた前足をぺろりと舐《な》めると、柵の隙間を抜けた。

アスファルトから覗《のぞ》く雑草に鼻先を当てながら路地をしばらく歩いていると、前方に紀州犬の姿が見えた。綱を引く華奢《きゃしゃ》な女性が身体を反《そ》らせながら抑え、首輪は喉に食い込んでいる。苦しいはずなのに、猫を捉《とら》えなければという本能に逆らうことなく、潰れた唸《うな》り声を吐き散らしながら猛烈な勢いでこちらに向かってきた。

ジョニーは身を低く屈《かが》めて相手を見極めると、側面の塀に向かって助走をつけた。

次の瞬間、視界は二メートルほど高いところにあり、下からこちらに向かって吠《ほ》えたてる白犬の姿を捉えていた。

安全な位置関係を確保したジョニーはその場に腰を下ろすと、首輪が千切れんばかりに引っぱられていくその姿が見えなくなるまで見送った。それから塀伝いに角を曲がり、みかんの枝が前方を塞いだところでしなやかに飛び降りた。

＞差出人：ノブ

＞件名：この前はごめん

ユウちゃん、この前はごめん。二人でよく行ったあの喫茶店なら冷静に話せるかと思ったけど、うまく気持ちを伝えられない自分に焦ってしまって、つい感情的になってしまいました。でも、それはユウちゃんにわかってほしかったからなんです。本当に愛しているのはユウちゃんなのです。

一時の迷いというか、魔が差したといえばいいのか。確かに僕は、ユウちゃんを裏切るようなことをしてしまいました。それは言い訳のできないことで、すべては僕の責任です。

でも、どうしても伝えておきたかった。本当に僕が必要としているのは、ユウちゃんです。心から謝りたい。可能であれば、またやりなおしたいと思っています。それは不可能なことだと分かっているけど、今しか言えないから。

一度だけでいい。ちゃんと、話したいんだ。君の幸せを心から願い、自分も新たな一歩を歩めるように、話がしたい。十分でいいから。返事、待っています。

【ジョニー】

夕暮れの商店街を足早に横切った時、それは、路地の陰から不意に襲ってきた。相手は薄汚れた茶トラ柄の猫で首輪は付けていない。身体はジョニーより大きく、目線は上にあった。それでもジョニーは立ち向かった。低い唸り声と、叫びとも悲鳴ともつかない牽制《けんせい》の鳴き声。抑揚はダイナミックに変化し混ざり合った。跳躍し、猛スピードで駆け、爪を繰り出した。視界はぶれ、天地は動転する。

やがて、その相手は怒らせた声を出しつつも、耳を倒し、身体を伏せながら後退《あとずさ》りをはじめた。優位性を失わないよう、ジョニーは一定の距離を保って追う。敵は牽制を繰り返しながら、やがて背走した。勝った！

＞＞差出人　ユウコ
＞＞件名　Re：この前はごめん

ノブくん、メールありがとう。そしてごめんなさい。

私も冷静になれず、泣いてあなたを責めることしかできませんでした。

ノブくんが違う女の人といるのがどうしても我慢できませんでした。いっそのこと嘘《うそ》をつきとおしてくれたらどんなに楽だったかとも思いました。でもあなたは正直な人だから、それもできなかったのですよね。

あのときは別れるって言ったけど、テレビで旅行番組とかを見ると、つい一緒に行っているところを想像してしまうし、メールの着信音がなるたびにあなたではないかと飛びついてしまいます。いつもそばにいるのが普通だったから。

自分のなかで、やめておいた方がいいという気持ちと、やはりあなたに会いたいという気持ちが交互に現れて、落ち着かない日々でした。やはり、私にはあなたの存在が必要なのです。メールをもらって、改めてそう感じました。あなたと、話がしたい。今日の夜九時、駅前の喫茶店に来てもらえますか？　もう一度、やり直しましょう。

【ジョニー】

辺りがすっかり暗くなった頃、ジョニーは住処《すみか》であるマンションの一階のバルコニーに飛び上がった。今日はひと鳴きするまでもなく、ガラス戸に身体ひとつ分の隙間があったので、そのまま部屋に入った。

飼い主であるユウコがベッドで横になっているのを見つけて寄り添うと、なーご、とひと鳴きして餌をねだる。すると奥の部屋からひとりの男が出てきた。薄暗い室内でスタンドライトの光を後ろから浴びており、その顔は見えない。

男は手袋をしたまま携帯電話を操作していたが、やがて満足気に口角を上げた。そのときはじめてジョニーがいることに気付いたようで、小さくたじろいでから、その携帯電話を投げてきた。ジョニーはそれを避《よ》けると、羽毛布団に柔らかい窪《くぼ》みをつくった携帯電話に鼻を近付け、それから男を見上げた。

ジョニーの瞳に、その男の顔がはっきりと映った。

【ノブ】

スタンドライトが室内を暖かいオレンジ色で照らしていた。ベッドで横たわるユウコの特徴的だった大きな瞳も、まだ死んで間もないからか艶やかに光っている。まぶたを閉じてやるなんてことはしない。俺の気持ちを無視した報いだ、と睨《にら》む。

スマホ対応とはいえ、手袋をしたままでメールを作成するのは骨が折れた。送信ボタンを押すと、紙飛行機が飛んでいくアニメーションが表示され、ほどなくしてポケットの中で携帯電話が震えた。たったいま送信したメールが自分に届いたのだ。差出人はユウコと表示されているが、作成したのは自分だ。本来であればユウコが出さなければならなかったメールを代わりに書いてやったのだ。

ふと視線を感じた。ユウコではなく、猫だった。いつからそこにいたのか、一匹の黒い猫がユウコに寄り添っていて、そのことに少なからず驚いてしまった自分に訳もなく腹をたてた。悔し紛れに投げつけた携帯電話を最小限の動きで避けてみせると、匂いを嗅いでみせ、またじっと俺を見る。そして、なーご、とひと鳴きした。

首輪も、そこにぶら下がる大きめのアクセサリーまでもが黒っぽい。両足をしゃんと伸ばし、油断のならない目で見上げている。これがユウコの飼い猫であることは分かったが、まるで彼女を迎えにきた死神のようにも思えた。

気味が悪い。脅かして追い払うと、ユウコを見下ろした。

いずれ警察は俺のことを調べるだろうが、考えはある。

ユウコは猫のために、外出先からでもスマホで管理できるエアコンを設置していたが、そのアプリは俺のスマホからでも使える。まさにおあつらえ向きだよ、ユウコ。これを利用して室温を上げ、お前の体温の低下を遅らせることで死亡推定時刻を狂わせる。その間に俺は喫茶店に行き、呼び出されたものの待ちぼうけをする男を演じれば、店員は証言してくれるはずだ。

「ええ、よく来られる方でしたよ。数ヶ月前に彼女とここでケンカをしてそれっきりでしたけど、久しぶりにいらしたんです。彼女とやり直すんだって、うれしそうに言っていました。それで何時間もお待ちになっていたのですが、まさか、その間に亡くなっていたなんて」

……っていう感じでな！


【ジョニー】

男が出て行って、ドアが静かに閉められた。ジョニーはしばらくその場にとどまってから、ユウコに寄り添うと、なーご、と鳴いた。何度も鳴いた。

なーご、なーご、なーご。

すると、ノックと共に男の声がドア越しに聞こえてきた。すいませーん、管理人ですー。あのー、猫の声がうるさいって苦情が入ってるんですけどー。

それに応えるように、また鳴く。なーご、なーご。

男の反応はしばらくすると無くなったが、今度はベランダ側から「あっ！」と声がした。振り返ったジョニーは、少し開いたサッシの隙間を通して、半ば腰を抜かした管理人と目があった。

【ノブ】

喫茶店で待ちぼうけを演じていたら刑事がやってきた。そして、ユウコが死んだことを告げた。

事情を聞かれるとしたらもっと後だろうと思っていたが、まぁ問題ない。肝心なのは、ここでわざとらしく喋《しゃべ》りすぎてはいけないということだ。過剰な演技で自滅する犯人の姿はドラマで何度も見た。混乱して何も言えないくらいでいい。

シミュレーション通りに、制御の効いた演技をした。上手《うま》くいく。そう思った。

すると刑事の一人が言った——私も猫を飼っているんです。

それが……どうした？

戸惑っていると、ちょっと見て欲しいものがあると言われ、二人の刑事は断ることなく左右に座った。パソコンのモニターを向け、映像を再生したが、その鋭い視線は俺から離さない。

俺は逃げるようにモニターを覗き込んだが、その動画を見て衝撃を受けた。そこには地面、塀、立ちはだかる野良猫、そして……殺されたばかりのユウコを見下ろす自分自身の姿もしっかり映っていた。湧き起こった様々な感情が混ざり合い、混乱した。

——なんなんだ、これは。

刑事が、私も持ってましてね、とキーホルダーのような小さな物体をテーブルに置いた。見たことがあった。猫が首から下げていたものだ。それが、この映像を撮影したペット用カメラだという。ネットで数千円から売られており、特に愛猫家からは、外出中の行動を猫目線で見られると人気になっているらしい。

一匹の猫によって計画が崩れ去った事実に頭を支えることができず、俺は突っ伏した。なーご、という鳴き声が頭の中で繰り返され、そして慟哭《どうこく》した。

【ジョニー】

管理人は慌てた様子でその場を去った。束《つか》の間《ま》のしじまを得たジョニーは、いつものようにユウコの胸に頭を乗せた。消え行く体温を逃さないように、そして安心感をもたらしてくれていた鼓動を求めるように身体を丸めると、なーご、と泣いた。

隣の男　ハセベバクシンオー

初出『５分で読める！　ひと駅ストーリー　降車編』（宝島社文庫）

1

成田《なりた》行きのスカイライナーは、定刻通りに上野《うえの》駅を発車した。

窓際の席に座る私は、ホームを離れる車窓の景色を眺めながら、部屋の鍵をかけただろうかという、いつものような懸念を抱いていた。

リビングを出て、玄関に置いていたスーツケースの持ち手を握って、あの部屋を出た――。

その後、鍵をかけたかどうかがどうにも思い出せない。強迫観念症のきらいのある私にはよくあることだったが、結局いつも家に帰ると鍵はちゃんとかけられていた。だから今日も、どうせかけているのだろうと思っているのだけれど、でももうそんなことはどうでもよかった。あの部屋の鍵を開けっ放しにしていようが、どうだろうが。

とにかく私は、あの部屋を出たのだから――。

私はパスポートを開いて、チケットを確認した。

――十九時十五分、東京発パリ行き。

この飛行機に乗ってしまえば、それで全てが終わり、そして始まる。

気配を感じて顔を上げると、通路に男が立っていた。手にしたチケットと、座席のプレートを見比べていた。男の目当ての席は私の隣の席だったようで、男は「失礼」

ところ、その通路側の席に、ドサリと腰をおろした。私は曖昧《あいまい》な会釈を返すと、足元に置いたスーツケース、その伸ばした持ち手を握る手に力を込めた。

隣の男は運動靴を脱いで、備えつけのフットレストに靴下の足を乗せると、安物の背広の上下、その上着の内ポケットから出した扇子を広げて扇ぎはじめた。もう片方の手では、携帯電話を操作している。

「すみません、風がくるので」

私は厭味《いやみ》にならないよう、つとめて静かにいった。

「はい？」

「風がくるので、扇ぐ方向を変えていただけますか」

「ああ、これは失礼」

隣の男は、扇子を逆の手に持ちかえて、また忙しく扇ぎ始める。携帯電話は用が済んだのか、パタリと閉じて、スーツのポケットに仕舞った。

スカイライナーは日暮里《にっぽり》駅での停車をすませ、発車した。この後は、成田《なりた》空港《くうこう》第2ビル駅まで停車駅はない。

都県境の川を過ぎた頃、車両前方のドアが開いて、座席確認のための端末を手にした車掌が姿を現した。

するとと、隣の男が立ち上がった。車掌のもとに行き、自分のチケットを見せて、二《ふた》言《こと》三《み》言《こと》、話をすると、そのままこの車両を後にした。

しかし、しばらくすると、再び男が現れて、隣の席に、先ほどと同じように勢いよく、腰をおろした。これも先ほどと同様に扇子で扇ぎはじめたが、すぐに「あっ」と気付いて、扇子を持つ手をかえた。

「ご旅行、ですか？」

隣の男は、気をつかったことで、私に話しかける権利を得たと思ったのか、訊《き》いてきた。

「ええ……」

私は答えると、スーツケースの持ち手を握る手に、再び力を込めた。

「どちらに？」

「フランスに」

「そうですか。いいですなあ」

隣の男は、さして羨《うらや》ましい様子もない口調でそんなことをいう。

「そちらは？」

私は気になっていたことを訊いた。

この男は荷物を持っていなかった。旅行ではない。

座席を探す様子から、このスカイライナーに乗り慣れた印象は受けなかった。つまり、成田空港の近くに仕事場や、自宅があるようには思えない。

だとするなら、この男はいったい何のために、このスカイライナーに乗車しているのだろう?

「あ、ああ、ええ、あれですわ――」

隣の男は、言い訳を探すかのように、目を泳がせる。

「そもそも、こちらの座席、本当にあなたの席なんですか?」

「へ?」

「さっき、車掌となにか話していましたよね。座席のことだったんじゃないんですか?」

――知り合いがいたもので、あの席に。でも、チケットはちゃんとあるんですよ。

そんな説明をしたに違いない。

そして、自分の座席に戻るふりをして、再びこの席に戻ってきた。

私は、そんな風に想像していた。

「私に、なにか用があるんですか?」

「……」

先ほどまで泳いでいた隣の男の目は、今はまっすぐに私の目を見つめていた。

そして不意に、ポケットから白いハンカチを取り出すと、その手を、私のスーツケースへと伸ばした。

「これは――」

と、ハンカチでスーツケースを拭った。

「――血のようですね」

隣の男がハンカチを私に見せる。そこには、拭き取った赤い血があった。

「血……？」

――タカシの、血……？

「実は私、警察の者でして」

「え？」

「上野駅で、たまたまその、血のついたスーツケースをお見かけして、気になったんですよ、沢崎由香里《さわざきゆかり》さん」

「どうして、私の名前を……？」

「先ほど、パスポートを開いてらっしゃいましたよね。その際に、お名前が見えたんですわ」

「………」

私は、タカシを殺した。

タカシの遺体は、あの部屋のリビングに、今も横たわっている——。


——組の金を奪う。

タカシはそういった。

——そして、それを持って二人で逃げよう、海外に。

タカシは計画通りに組の金を奪い、あの部屋に来た。

そして私はタカシを裏切った。私のくだらない人生を、一人でやり直すために。

私はタカシを包丁で刺した。

これで私はあの部屋から解放される……はずだった。


スーツケースには、タカシが奪ってきた大金が詰まっている。そのスーツケースを握る手は、ずっと力を入れていたせいか、最早感覚がなくなっていた。

いつのまにか隣の男は、携帯電話で話をしていた。

「——そうか、わかった」

返事をし、通話を終えると、私に向き直る。

「沢崎さん、先ほど、パスポートを拝見したと申しましたが、その際に、お住まいも見えましてね」

「……」

「それで、さっきメールをしたんですわ。別の捜査員に、あなたの部屋に向かうように、と。そしたら、鍵が開いていたそうでしてね。勝手ながら中に入らせてもらったら、男性の遺体があったそうなんですわ」

「……」

スカイライナーは、間もなく成田空港第2ビルの駅に停車するために、減速をはじめていた。

「ちょっと、お話をうかがわなくてはなりませんね。次の駅で降りていただけますか？」

「……」

私は無言で了解した。

「荷物は私がお持ちします」

隣の男は立ち上がり、私を促《うなが》した。

スカイライナーは、成田空港第2ビル駅に到着した。

「前を」

男にいわれた通り、私は男の前を歩いて通路を進み、ホームに降りた。

「とりあえず、駅事務所に参りましょう」

私はそのまま男の前を歩き、ホームを進んだ。

後ろからは、男が引く、私のスーツケースのキャスターの音が聞こえている。

ホームには、スカイライナーの発車を報《しら》せるベルが鳴り響いている。

結局私は、成田空港に辿《たど》り着くことさえできなかった。

あの部屋から逃げ出すことはできなかった。

タカシを殺したあの部屋。私のくだらない人生の象徴であるかのような、あの部屋から――。

ふと思った。

私はリビングでタカシを刺した。そして、スーツケースは玄関に置いてあった。つまり、タカシの血がスーツケースにつくことは考えられない。

そう思ったのと、後ろからスーツケースのキャスターの音が聞こえなくなったことに気がついたのは、同時だった。

「あの、警察バッジを見せて――」

振り返ると、男はそこにいなかった。

スカイライナーの扉が閉まり、列車は静かに動きはじめた。

その加速するスカイライナーの窓に、車内の通路を歩く男の姿が見えた。

2

やはり、鍵はかかっていなかった。

結局私は、この部屋に戻るしかなかった。

部屋には、警察の手が及んでいるかもしれないと考えないでもなかったが、あの男が警察の人間でないことは明らかだった。

いったいあの男は何者だったのだろう?

なぜ、あのスーツケースに大金が入っていたことを知っていたのだろう?

その疑問は、リビングの、タカシの遺体を目にしたときに解決した。

私は、タカシを背中から刺した。

刺されたタカシは、包丁が刺さったまま、うつぶせに倒れた。

しかし今、タカシの遺体は仰向けに、そして胸に包丁が刺さった状態で横たわっていた。

恐らくあの男は、私が鍵をかけずに、この部屋を出たのを見ていたのだろう。大きな荷物を持って出かけたのに、鍵をかけなかった。それで気になり、あの男はこの部屋に入った。そして、タカシの遺体を発見した。

いや、遺体ではなく、そのときタカシは、生きていたはずだ。

そして、男はタカシから、あのスーツケースに大金が入っていることを聞いたのだ。

――今出て行った女に刺された。おれは裏切られたんだ。あの女が持ってるスーツケースには大金が入っている。それを取り返してきてくれたら、あんたに分け前をやる。

タカシは、そんな話を持ちかけたのだろう。

そして、タカシは裏切られた。

その情報を聞いた男は、タカシにとどめを刺した――。

私に裏切られることなど、露《つゆ》ほどにも考えなかった、間抜けなタカシらしい話だと、私は思った。

誰にも言えない真実の物語　歌田年

初出『3分で読める！　誰にも言えない○○の物語』（宝島社文庫）

世には〝文壇バー〟というものがあると聞く。銀座や新宿辺りで、一流の作家たちが夜ごと集まっては酒を酌み交わし、文学の話に花を咲かせるのだとか。

するると、さしずめ俺の地元、祖師谷《そしがや》の〈BAR真実《まみ》〉は〝文壇未満バー〟ということになるだろうか。作家になりたくて文学新人賞に応募を繰り返している人々の溜《た》まり場になっているのだ。

それというのも、弱冠三十歳で店を切り盛りしている色白の美人ママ、真実が無類の読書家で、特に推理物が好きときているから、常連客も自然そういった傾向の人間が集まることになる。

そのうち真実ママの気を惹《ひ》きたいがために、推理小説の新人賞に応募する者まで出てきた。しかもそういう客をママが尊敬の眼差《まなざ》しで見るものだから、我も我もと小説を書き出す者が相次いだ。というわけで、そこは〝文壇未満バー〟なのだ。

かくいう俺もそうした慌て者の一人で、四十をとうに過ぎているというのに、最近もとある小さな新人賞に応募して無残に砕け散ったばかりなのだ。しかし原稿を読んでくれた真実ママは、常連客の作品の中では一番好きだと言ってくれた。

そんなわけで、今日もアルバイトを六時に終えると、俺はまっすぐ〈BAR真実〉にやって来た。

「いつもの」

「ギネスね」

一番乗りかと思いきや、すでに先客が一人いた。小太りの丸顔に丸眼鏡《めがね》。俺と同年代の丸山《まるやま》だ。当店皆勤賞の彼こそ、常連の中で最初に新人賞への応募を始めた人物で、かれこれ五年ほど挑戦を続けている。しかも最も権威のある賞で三年連続して最終候補に残ったという実力の持ち主だ。

応募作を何作か読ませてもらったが、ノワールというのだろうか、犯罪者側の視点で描かれているのが彼の作品の特徴で、非常に刺激的でスリリングだ。俺も一度その手法を真似てみたいと思っている。最近、ちょっと使えそうなネタを仕入れたばかりなのだ。

ところで彼の今年の首尾の方はどうなっているのだろうか。そろそろ中間発表の時期ではなかったか。早速訊《き》いてみた。

「三次で落ちましたよ」と言って、丸山はママに合図した。

ママは持っていた文芸雑誌をカウンター越しに私によこした。それに選考経過が掲載されているのだ。彼女は今まで見ていたらしい。

俺は受け取り、該当ページをいそいそと開いた。タイトルと作者名がズラズラと並んでいる。

「明朝体で書かれているのが一次選考通過作で約九十名。太いゴシック体で書かれているのが二次選考通過作で約二十名。その中に僕の名前があります。で、頭に二重丸が付いているのが三次選考通過の五名。彼らが最終選考の俎上《そじょう》に載るわけです」

「丸山さん、昨年まではその五人に入っていたんですよね」と、真実ママ。

「ええ。つまりは退化ですね」

「いやいやそんな……。きっと運が悪かったんですよ」と、俺。

「二次選考通過作は寸評が付いているんですが、まあ、お説ごもっともでしたよ。僕のは確かそこに……」

　俺は丸山が指し示した部分を読み上げた。「『着想はいいが、トリックがあまりに非現実的。そのわりには猟奇的場面が突出してリアルなため、バランスを著しく欠いていた』――手厳しいですね……。しかしこの作品も読んでみたいな。志を同じくする者として励みになるし、何より名人の作品は参考になりますからね」

「名人だなんて……。でもまた読んでくれるんですか。や、ここにありますよ」そう言って丸山はバッグから紙の束を取り出した。「推敲《すいこう》用で見づらくて悪いんですが」

「とんでもない。ありがたく拝読させていただきます」恭しく受け取った。

「しばらく預けておきますよ。じゃ、僕はこれで」丸山は会計を済ませ、店を出て行った。

　五分ほどすると次の客が入って来た。初めて見る顔の年配者だった。よく陽《ひ》に焼けた目付きの鋭い陰気な男で、会社員らしくない風体だ。座るなり俯《うつむ》いて小刻みに貧乏揺すりを始めた。見るからに苛立《いらだ》った様子で、近寄り難かった。

「ハーパーを」と、男は言った。

「お疲れのようですね」ママが艶っぽい笑顔でおしぼりとお通しの小鉢を出した。

男が顔を上げて受け取る。よく見ると目が真っ赤に充血していた。

ママが酒を注《つ》ぎながら訊く。「あまり寝てらっしゃらないんですか」

「まあね」

「お近くの方ですか」

「いや、この辺りは初めて来たよ」男は酒を呷《あお》ってから続けた。「ここしばらく、ある大事な仕事に取り組んでいるんだが、ちっとも進展が無いのさ」

「それはおつらいですね」

私は男から視線を引き剝がすと、丸山が置いて行ったワープロ原稿を手に取った。タイトルに続いて住所・氏名・略歴等が書かれた一枚目をめくると、赤ペンの書き込みが無数に入った本編が始まった。

「旨《うま》いな……」男がお通しに箸をつけて言った。

「よかった。――ところで気分転換に、こんなのはいかがですか?」ママが小さな冊子を男に差し出した。「常連さんが寄稿して下さった文学同人誌なんですよ。ミステリーの短編が主ですけどね」

それは、作家志望の客同士が互いに作品を見せ合って批評を交わしたらいいのではないかとママが呼び掛け、有志の手で編纂《へんさん》されたものだ。現在まで四号続いている。

しかし、どう見てもその男はそんなものに興味を持ちそうにないし、第一、充血した目がたった今まで視神経を酷使していたことを物語っている。それでも、一見《いちげん》さんには必ず、常連たちが作った同人誌を見せるという習慣を崩さない。その律儀さもまたママの魅力なのだが。

案の定、男はパラパラと形だけ見てから傍《かたわ》らに除《よ》け、バーボンの二杯目を所望した。

俺は再び原稿に目を戻した。間もなく最初の山場に差し掛かった。なるほど臨場感のある描写で、迫力満点だ。これほどの書き込みでも最終選考に残るのは難しいのだろうか。俺は自分の作品を頭に思い浮かべ、急速に自信を失っていった。

「お勘定」男が立ち上がった。

ママが言った金額を男は払った。

「よろしければ、それお持ちください」と、ママは同人誌を指差した。

男は面倒臭そうにそれを懐にしまうと、スイングドアを押し開けて出て行った。

翌日は俺が一番乗りになった。夜のうちに丸山の原稿を読了してしまい、その内容に感激したので、一刻も早く本人に感想を伝えたいと思ったのだ。

だが俺のすぐ後に入って来たのは丸山ではなく、なんと昨日見たあの陰気な男だった。しかし今日は打って変わり、全身に生気が漲《みなぎ》っているように見えた。興奮状態にあったと言っていい。

「昨日もらったこれ、読んだよ。実に興味深い！」男は同人誌を掲げながらママに言うと、バーボンを注文した。

「あら本当？ それはよかったわ」

「うん。特にこの丸山という作者のがいい」

なんと。丸山の作品を気に入るとは目が高い。もしかしたら出版関係者だろうか。だとしたら、これは彼のデビューのチャンスかも知れない。もうせこせこと新人賞に応募しなくてもよくなるのだ。ならば不肖この俺がもう一押しを――。

「あの……」と俺は男に切り出した。「これ、丸山さんの新しい原稿なんですが、ちょっと見てみます？」

男は焼けた顔に薄い笑みを浮かべ、よれた紙の束を受け取った。「それは助かる」

助かる？ 妙な物言いだが、もし新人作家発掘が急務という立場ならそういう発言も出るだろう。

男は早速、丸山の原稿に目を通し始めた。しきりに頷《うなず》いている。

バーボンを一気に飲み干すと男は言った。「これ、借りてもいいかね」

「もうすぐ本人が来ると思うので、直接頼んでみてください」

「おお、来るのかね」男が真剣な顔になった。

「あら！」とママが素っ頓狂な声を上げた。「明日から出張とかで、今日は準備があるから来れないと言ってらしたわ」

「え、そうなの？　それ早く言ってよ」と、俺。

「なに、出張だって？」

「なんでも海外とかで……」

「じゃあ、自分がメールで報告しておきますよ」と、俺は男に言った。

「助かる。大ファンだと言っておいてくれ」男は原稿を抱えると、そそくさと店を出て行った。


一週間後、丸山が連続殺人事件の容疑者として逮捕されたというニュースが巷《ちまた》を駆け巡った。当然ながら〈BAR真実〉でもその話題で持ち切りになった。しかも丸山の犯行の手口が、同人誌の作品の中にそっくり書かれていたというのだ。

まさか自分には容疑がかかるまいと高を括《くく》っていたのだろうか。丸山がどういう経緯で警察の捜査線上にのぼったかを知るのは、今のところ俺とママだけだろう。あの目付きの悪い陰気な男は、きっと刑事だったに違いない。偶然、同人誌を読んだことでアタリを付けていたところに、お節介にも俺が渡した原稿が決め手となってしまったのだ。

警察の発表によると、犠牲者はみな薬指を切断されて口の中に入れられていたという。その猟奇的な犯行の特徴は、確かに丸山の原稿にも書かれていた。今まで伏せられていた情報だから、犯人しか知り得ないのだ。

同人誌の編集係が勢い込んで俺に言った。「丸山氏が関わっていた冊子ということで話題になるから、次号は手広く売るつもりだよ。残念ながら彼の原稿がもらえないので、あんたの枚数を増やしてくれないか。いつも、もっとたくさん書きたいって言ってたよね」

だが、俺は半分以上進めていた原稿の内容をどう変更しようかと頭を抱えていた。丸山に対抗してノワールを物するため、自分の体験を作品に反映させようと考えていたのだが、どうもよくなさそうだ。丸山を見てみろ。君子危うきに近寄らずだ。ママにも感想を聞きながら書いていたのだが、根本的に方針変更するしかない。

「ギネスをちょうだい」と、俺は言った。

「はい」

ジョッキを受け取ると、俺は皆に悟られないように真実ママの顔を覗《のぞ》き込んだ。マママも何かを言いたそうに俺をそっと見つめ返すと、首を小さく横に振ってから前髪を払った。その左手の薬指には、俺が贈った指輪がひっそりと輝いていた。

一つ頷くと、俺は黒ビールに目を落とした。すると泡の表面に、年上の妻の老け込んだ顔が浮かんで見えた。ママと違って小説などに何の興味も示さず、俺が作家を目指すことに大反対した妻。執筆時間を捻出するため、黙って会社を辞めてアルバイトを始めた俺を半狂乱になってなじった妻。

俺が絞殺した妻を森の奥の沼に沈めた時のように、どす黒く変色した醜い顔が黒ビールの泡の中に消えて行った。頭の中の残像を振り払って一気に飲み干し、ジョッキを戻すと、目の前に真実ママの白く艶っぽい笑顔があった。

＊

「わたしの顔、そんなに白いかしら」と、原稿を読み終えたわたしは彼に言った。「でも、とっても面白かったわ」

「真実ママなら喜んでくれると思った。だけど、くれぐれもそいつは人には見せないでくれよ」

「はいはい」わたしは原稿を丸めると、素早くゴミ箱に放り込んだ。

宿命　深町秋生

初出『５分で読める！　ひと駅ストーリー　乗車編』（宝島社文庫）

彼は仙台《せんだい》駅から新幹線に乗りこんだ。グリーン車の車両へと歩む。ショルダーバッグを左肩に担ぎ、大儀《たいぎ》そうに右手のステッキで床を突きながら、ゆっくりと歩を進めた。左手にはコンビニのレジ袋がある。なで肩であるため、ストラップがずり下がり、バッグが床に落ちる。

仙台駅から乗車したのは彼だけではない。後ろの通路には幾人かの列ができた。彼は慌ててバッグを拾い、ストラップを肩にかけ直すと、後ろの乗客らにペコリと頭を下げた。ビジネスマンらが仕方なさそうに軽くうなずく。

彼はまだ六十代半ばだったが、差し歯を抜き、口元にシワを作っているため、実年齢より十は老《ふ》けて見えた。杖《つえ》を突き、腰を曲げて歩けば、老い先短い年寄りと周囲に見なされ、電車やバスではよく席を譲られる。本当はといえば、十五キロのジョギングを毎日欠かさず行っているのだが。

グリーン車の中ほど。通路側の座席に腰かけ、車内をざっと見渡した。

六月平日の昼間とあって、空席がかなり目立つ。乗客が少ないためか、空調が効きすぎて寒さを感じるほどだ。彼の隣も空《あ》いている。子供の姿はなく、新幹線の走行音だけが耳に入る。仕事をするには、まずまずの環境だ。

彼はテーブルを倒した。小さなペットボトルと、五本入りの串ダンゴのパックを、そのうえに並べる。串ダンゴはすべて仙台名物の〝ずんだ〟だ。枝豆をすり潰した淡いグリーンの餡《あん》が、丸いダンゴを包みこんでいる。テーブルが緑色で占領される。

彼は顔をほころばせた。甘いもの好きの老人を演じつつ、前方に目をやった。視線が鋭くならないよう、注意を払いながら。

彼の座席から四列分離れたところに、同じく仙台から乗車した若い女の姿があった。通路を挟んだ斜め前の座席に腰かけている。背もたれを思いきり倒し、履いていたブーツを脱いで、靴下だけになった足をフットレストに置いている。

まだ年端《としは》もいかない少女だ。しかし、仙台の裏社会にその名を轟《とどろ》かせているだけに、ふてぶてしさと妙な貫録を感じさせた。マリファナの密売や管理売春に手を染めている札つきだ。きれいな顔をした娘っ子だが、地元のヤクザや不良から〝切り裂き〟マヤと呼ばれ、恐れられている。ナイフの達人だった。

アルコールの臭いが漂ってくる。彼女は、缶ビールをぐいぐいとあおっている。それをチェイサー代わりにし、ウイスキーのポケット瓶に口をつける。でたらめな飲みっぷりだが、だからといって気を緩めるわけにはいかない。

デニム地のホットパンツにTシャツという簡素な格好だが、おそらく一本や二本では済まない数の刃物を隠し持っているはずだった。その腕を買われ、ときには殺しさえも引き受けるという。

もちろん、それだけに敵も多い。彼に依頼してきた仙台の青年実業家もそのひとりだった。

その青年実業家、立花昌介《たちばなしょうすけ》も仙台では知られた顔だ。親に捨てられ、児童養護施設で育ち、十代半ばで繁華街の国分町《こくぶんちょう》で働き、十八歳で風俗店の店長、二十代前半で複数の飲食店のオーナーとなった。正業を発展させる一方、裏カジノや裏風俗の経営で荒稼ぎし、若くして夜の顔役となった。商売敵《がたき》であるマヤと衝突することが多く、安くない金を払って、東京の彼を呼び寄せ、彼女を排除しようと決断したのだった。よほど彼女が憎いらしく、彼に提示した報酬は、相場よりもずっと高かった。

彼はずんだのダンゴを食べた。枝豆の風味と強烈な甘味が口に広がった。一本を平らげると、次の串に手を伸ばす。ろくにツマミを食べないまま、酒を胃に流しこむ彼女とは対照的だ。

対照的なのは、それだけではない。彼女は若い。ナイフの技術は、特殊部隊員以上だ。そして、さらに腕に磨きをかけていくだろう。

しかし、彼は違う。今でこそステッキは必要ないが、そう遠くはないうちに、本当に頼らざるを得なくなるだろう。二週間、彼女を監視した。そして、まともにぶつかっては勝ち目がないとわかった。

パック容器には、五本の串だけが残った。彼はマヤに再び目をやった。彼女は移動販売員を呼び止め、新たに缶ビールを買いこんでいる。アルコールが回って、眠りこけてくれれば。淡い期待を抱いてはいたが、マヤがウワバミなのは知っていた。おそらく終点まで飲み続けるだろう。だが……。

彼は微笑み続ける。力もキレもないが、ベテランの彼には、なにより豊富な経験がある。人を消すのに、過剰な筋肉は必要ない。重要なのはチャンスを辛抱強く待てる精神力だ。

彼はペットボトルのフタを開けた。350ミリリットルのボトルには、日本茶を示すラベルが巻かれている。だが入っているのは透明な液体だ。

食べ終えたダンゴの串を、ペットボトルの口から挿し入れる。串の先端に液体を浸し、ゆっくりと引き抜いた。パック容器に戻す。予備用として、さらにもう一本。液体に濡れた串が二本出来上がった。これだけで、グリーン車内にいる乗客全員の命を奪える。

ビジネスを始めて三十年以上が経つ。その間に消した人数を、彼はもう正確には覚えていない。ただ、そのなかには射撃の名人や、ボディガードに警護された親分など、マヤよりも手を焼く危険人物もいた。つまるところ、対象者の戦闘力はあまり問題ではない。どんな人間でも、永遠に緊張を維持することはできない。気を緩めた瞬間を逃さず狙えばいいのだ。

電車や新幹線は絶好の機会と言えた。逃げ場所はなく、無防備な背中を不特定多数の人間にさらす。睡魔にでも襲われてくれれば、言うことはない。

記憶がふいに蘇《よみがえ》る。いつだったか。どこかへ向かう特急列車でのことだ。かなり昔のことで、目標は警官の夫婦だった。夫も妻も敏腕の刑事だったが、日ごろの激務から解放されて気が緩んだのか、二人とも座席で熟睡していた。彼らの首筋にプスプスと串を刺した。卵を割るより簡単だった。

彼は我に返った。酒を飲んでいたマヤが立ち上がっている。慌てる必要はない。彼は自分に言い聞かせる。彼女の目的地は東京だ。愛車である大型バイクが壊れ、新しいバイクを購入するために上京するのだという。彼女のアジトに仕かけた盗聴器を通じて得た情報だ。

改めてマヤを見る。いい女ではあった。あと十年もすれば、もっと胸や尻が大きくなり、ドレスの似合う美女になっていただろう。殺すには惜しいが、彼女も暴力世界の住人だ。死神に見守られながら、その日を生きている。

マヤは、前方のドアからデッキへ出て行った。その足取りはしっかりとしている。ややあってから、トイレの使用ランプが灯《とも》る。缶ビールを大量に飲んだのだ。小便が近くなるのは当然だろう。

彼も立ち上がった。二本の串を右手に持ち、ステッキを突いて、同じくデッキを出る。老いぼれの足取りで。対象者の姿が見えなくとも、油断するわけにはいかない。

デッキには人気《ひとけ》がなかった。トイレにはやはり鍵がかかっている。洗面所と男性用トイレを確かめる。誰もいない。車掌や販売員の姿はなく、乗務員室には鍵がかかっている。

彼はトイレの前に立った。マヤが出てくるのを待つ。ドアが開いた瞬間に、彼女の肌を突き刺す。首がベストだが、太腿《ふともも》でもかまわない。串を持つ手に力をこめる。串についた液体は猛毒だ。南米のヤドクガエルの分泌液を抽出《ちゅうしゅつ》したもので、ゾウをも死に至らしめる。

トイレットペーパーのロールが回る音が聞こえた。水が勢いよく流れ、ガタゴトと人が動く音が続く。

ドアが開かれる。なかから現れたのは女。串を突き出す――。

彼は右手を止めた。串の先端が、女の肌の産毛《うぶげ》をなでる。瞬時に手を引っこめる。トイレから出てきたのはマヤではない。化粧の濃い中年の女だった。彼が険しい顔をしていたせいか、不審そうに眉をひそめ、彼の横をすり抜けていった。

ステッキを捨て、トイレへ入る。バリアフリー対応の広い洋式便所だ。しかし、出てきた女以外に誰もいない。

やられた――。彼は振り返る。だが、出入口にはマヤがいた。逃げ道をふさぐようにして。冷たく彼を見すえている。

マヤが動いた。彼の目では追い切れない。右手首を摑《つか》まれ、腕を持ち上げられる。握っていた串が彼の下顎を貫く。

なぜバレた。彼女は狙われていたことを知っていた。疑問が泡のように湧いたが、それ以上はなにも考えられなくなった。身体から急に力が抜け、息ができず、喉をかきむしった。


桐崎《きりさき》マヤは老人を見下ろした。

やつは瞳孔を開かせ、しばらく痙攣《けいれん》を起こしていたが、やがて動かなくなった。あの世に行ったのを確認すると、トイレのドアを閉めた。外から鍵をかける。終点まではいかないだろうが、死体の発見を遅らせられるだろう。

鍵は車掌から奪った。トイレの側にある乗務員室には、マヤに殴られて気絶した車掌が倒れている。デッキに出た彼女は、トイレではなく、まっ先に乗務員室に向かい、そこに身を隠した。

老人の名前はオスカー。日本人だが、アカデミー賞俳優のように変装し、名演技でターゲットに近づくことから、その名がついた。その世界ではベテランの大物だ。

マヤは座席に戻った。酒が飲みたくなり、移動販売員が通りかかるのを待っていたが、福島《ふくしま》駅着を知らせるアナウンスが耳に届いた。降りる準備をする。終点には行かない、東京で新しいバイクを探す気もない。オスカーをおびき寄せるための偽情報に過ぎない。

新幹線が福島駅のホームに滑りこむ。ホームに降り立つと、ひとりの若い男が待っていた。実業家の立花だ。オスカーの雇い主であり、マヤの雇い主でもある。立花とはいがみ合ってばかりいるが、たまにタッグを組むときもある。

マヤはうなずいてみせた。高級スーツを着たコワモテの男だが、その目には涙が浮かんでいる。両親を殺した男を始末できたのだ。感無量なのだろう。依頼人の正体を洗い切れなかったのが、オスカーの敗因だ。敵に回した人間の数を把握できていなかったのだ。

立花の両親は警官だったが、オスカーに列車内で殺害された。彼はもがき苦しむ父と母を目《ま》の当たりにしている。親戚の家を転々とし、児童養護施設で育ったが、両親を殺した男を見つけるため、裏社会に身を投じた。

新幹線が駅を離れていく。マヤは黙って見送った。トイレが棺桶となったオスカー。彼について考えたが、とくになんの感慨も湧かなかった。やつも暴力世界の住人だ。いつ死神に気に入られても、不思議ではない。

海天《あまて》警部の憂鬱　吉川英梨

初出『５分で読める！　ひと駅ストーリー　乗車編』（宝島社文庫）

私がその死体を発見したのは、豪華寝台特急・トワイライトエクスプレスが本州最後の駅を出て、札幌《さっぽろ》に向け暗い日本海の海沿いを走る深夜のことだった。

この寝台車に乗ることは、二十年越しの夢だった。刑事という仕事柄、なかなか趣味の鉄道撮影に出かけられないうえ、結婚して三人の娘が産まれてからは、さらにその機会に恵まれず、家族旅行でちょっと鉄道にカメラのレンズを向けようものなら、「パパ、撮り鉄？　キモーイ」と娘たちに白い目で見られ……。

長いあいだ鉄分不足に苦悩していた私だが、たまには幸運の女神《めがみ》も微笑んでくれるものだ。小学校六年生の三女が、商店街の福引で〝豪華ハワイの旅・四名様分〟を当てた。とっさに浮かんだ言葉は〝二十年ぶりの私だけの自由時間〟だった。

私は妻と娘たちに「一緒に行きたいが、いま大きな事件を追っていて無理だ。残念だがお前たちだけで楽しんでこい」と、家族の犠牲を演じてみせたのだった。心のなかでは、「女たちがハワイで不在のあいだ、絶対にトワイライトエクスプレスに乗ってやる」と誓い――。

その日から、非番の日や夜勤の昼間に関西まで行ってＪＲ西日本のみどりの窓口に並び、それでダメなら旅行代理店をはしごし……そしてようやく、この豪華寝台特急の旅を手に入れたのだ。

――それなのに、こんなところで、一生に一度なるかならないかの、〝死体の第一発見者〟に自分がなってしまうとは。

事件は、トワイライトエクスプレスが大阪駅を出発して、日本海を左に見ながら北陸を抜け、本州最後の停車駅である新津《にいつ》駅を出発した四時間後に起こった。

私はすでに豪華食堂車・ダイナープレヤデスでの高級フレンチを堪能《たんのう》したあとで、サロンカーで月夜に照らされた日本海を優雅な気分で眺めていた。時刻は午前零時を過ぎている。

タバコが切れたので、個室に予備を取りに戻ることにした。サロンカーと三号車の食堂車を抜け、二号車のいちばん端にあるロイヤルの個室に入ろうとして、私は「ひえ！」と悲鳴を上げてしまった。

私の個室の目の前で、見知らぬ男が胸にナイフを突き立てられ、死んでいたのだ。慌てて二号車を飛び出して、食堂車のクルーに事件の一報を伝える。遺体発見現場となった私の個室の前は、深夜だというのにあっという間に黒い人だかりができた。狭い列車内の廊下にもかかわらず、混沌《こんとん》とした状況だ。

渡瀬《わたせ》と名乗ったベテランの車掌が鉄道警察に捜査要請《ようせい》に行く。もう一人の高橋《たかはし》という恰幅《かっぷく》のよい車掌は、遺体の第一発見者である私に詳しい状況説明を求めた。

まるで時代劇俳優みたいな目力《めぢから》で私を見る高橋車掌の目つきに、嫌な雰囲気を感じた。

私が一人旅の男性であること、一人なのに高価なロイヤルの個室を取っていたこと、そして第一発見者であることから、どうやら彼は私を犯人と疑っているようなのだ。

ここで警察手帳を出して、自分は警視庁捜査一課の係長である海天伍郎《あまてごろう》警部だと名乗ってもよかったのだが――。

後方で騒ぐ、ミステリー好きらしい中年女性たちの声がそれを邪魔させた。

「刑事とか探偵はおらんの？　豪華寝台特急で殺人事件言うたら、名探偵ポロの登場や！」

「ポロってあんた、シャツかいな。しかもここは日本やで。日本の名探偵言うたら、やっぱり金田一耕作《きんだいちこうさく》や」

「耕助《こうすけ》や耕助。耕作ってなんや、農家かよ！　しかもあんたら古いで。トラベルミステリー言うたら、十津《とつ》……山《やま》？　警部やったっけ。いや、十津《とつ》……谷《たに》？」

大阪のオバチャンたちのいい加減なミステリー談義にほかの野次馬の乗客たちは苦笑していたが、一緒になってこの殺人事件を捜査する警察官の登場を待ちわびている様子だ。いまここで私が警察手帳を出そうものなら、私は捜査を余儀《よぎ》なくされるだろう。そしておそらく彼らは、二時間ミステリーのセオリーどおり、この列車が札幌に到着するころに、私が食堂車に容疑者たちを集め、謎解きを始めることを期待するのだ。

せっかくの鉄道の旅を仕事に費やすなんて、絶対に嫌だ……！

視線を感じた。渡瀬車掌が戻ってきていて、高橋車掌と二人で遺体を前にヒソヒソやりながら、私をちらちらと見ている。まずい。私のこの、身分を隠そうとしている雰囲気が、彼らに伝わってしまっているようだ。

「ちょっとお客さん、あちらで話を聞かせてほしいんですけど、いいでしょうか」

渡瀬車掌が私を食堂車のほうへ行くよう、促《うなが》した。

「な、なぜ私が……。それに、列車を停めなくていいんですか。殺人事件が起こったというのに」

「じつは現在列車は山形を出て秋田に入ったところで、両県警に捜査要請をしたのですが、山形県警は連続放火事件が起こったとかで多忙のようで、一方の秋田県警のほうも未明に一家惨殺事件が起きたとかでこちらも手が足りず、双方でこの事件を押し付け合ってるんですよ」

「……へ、へえ。東北はずいぶん治安が悪くなったんですね」

「あと数時間で北海道に入りますんで、道警に捜査をお願いしたんですが、道警は道警で、札幌で連続通り魔事件が起きたとかで、捜査に赴《おもむ》く暇がないと言うんです。できればその、死体を現場ごとそのまま札幌に運んできてほしい、ということになってしまいまして」

殺人事件の発生で、最高の一人旅が中断されるであろうと予想していた私は、心のなかでほんの少し「ラッキー」とつぶやいた。途端に、渡瀬車掌からにらまれた。

「あなたちょっといま、うれしそうな顔しませんでした？」

「何を言うんですか。人が自分の個室の前で死んでいて、このまま遺体をどこかへやることもせずに走り続けるなんて、全然うれしくないですよ」

「お宅、どちらの方です？　標準語だから関東の方ですか」

「──東京です」

「お仕事は何をされてるんです」

「──これは取り調べですか。車掌のあなたにそんな権利があるのですか」

「言えないような職業なんですか？　いえね、道警の刑事から、列車が札幌に着くまでのあいだ、容疑者を絞れるようなら逃げられないように隔離《かくり》しておけと言われたもんで……」

渡瀬と高橋車掌の二人が、じりじりと私に詰め寄ってくる。

「冗談じゃない、車掌が捜査をするなど越権行為も甚《はなは》だしい！　鉄道警察はどうしたんだ。彼らを呼ばずして、なんの証拠もなしに私を犯人扱いとは。下車したら訴えてやるぞ！」

強気に出ると、車掌二人はいったん引き下がった。私はさらに要求を言った。

「とにかく、扉の向こうに死体が転がっているような部屋で休むことなどできない。ほかに空いている部屋はないのかね。Bコンパートメントでも構わない。空いているベッドを探してくれ」


渡瀬車掌が私を案内したのは、この列車の最上級クラスである一号車一番のスイートルームだった。発車直前にキャンセルとなり、空室はここだけなのだという。

「追加料金は結構ですよ。ことがことですからね。では、札幌までよき旅を」

私が返事をしないうちに、渡瀬車掌は勝手に扉を閉めた。

列車内で人一人殺されたというのに、私はロココ調の豪華すぎるスイートルームを前に、「うぉっほい！」と小躍りしてしまった。

ここは展望室付きだ。列車を牽引《けんいん》する機関車両側はすべてガラス張りになっており、流れる雄大な景色を満喫できる。いまは深夜で、窓の外は暗い闇が広がるばかりだが、これが明け方になって北海道に到着するころには、一面、神秘あふれる銀世界が見えるはずだ。

ああ。殺された乗客には申し訳ないが、幸せだ……！

私はスイートルーム専用の高級感漂うバスローブに着替え、ガウンを羽織った。旅行鞄《かばん》から缶ビールを出し、タバコに火をつける。こんなことなら、事前にブランデーでも注文しておいて、葉巻なども購入しておけばよかった。

壁に取り付けられているスピーカーのボリュームを上げる。ベートーベンの交響曲第九番の第四楽章が、ちょうど始まったところだった。年末年始に垂れ流しされる、あの有名なフレーズが、心地よく体を突き抜けていく。

私は指揮者なぞになったつもりで、タバコを指に挟んだ手を、曲に合わせて振ってみた。知りもしないドイツ語でそのフレーズを適当に口ずさんでいい気分になっていると、奇妙な焦げ臭いにおいが鼻を突き、はっと目を開けた。指のあいだに挟んだタバコの先がテーブルの端に触れたのか、火のついた部分が落ちて、豪華な絨毯《じゅうたん》を丸く焼いていた。

「ま、まずい……！」

私は慌てて、スリッパの裏側で小さな火を消した。灰を拾い取ったが、黒い跡が残ってしまっている。そこへ、扉を乱暴にたたく音がした。

「お客さん。ちょっと、いいですか？」

高橋車掌の声だった。まずい。スイートルームの絨毯を汚したことがばれたら、いくら損害賠償を要求されるかわからない。私は慌ててタバコの焦げたあとを隠そうと、傍《かたわ》らのベッドをうーんと手前に引っ張った。扉の向こうでせかす声に、

「えーっと、ちょっと待ってくれよ、寝ていたんだ……」

と、寝ぼけた声で答えた。ようやくタバコの焦げを隠し終えたが、今度は室内の焦げ臭いにおいが気になった。どこか開けることができる窓はないかと窓枠を探ったが、どうやらすべてはめ殺しになっているようだった。

天井近くの上窓は開くかと、椅子によじ登って窓枠を確認していると、扉をガチャガチャと回す音が聞こえた。「合鍵出せ、早く！」という声がしたと思ったら、あっという間に扉は開けられてしまった。車掌の高橋が私の姿を見て、叫ぶ。

「おい、逃亡する気だぞ、捕まえろ！」

部屋に飛び込んできた車掌は、私が移動させたベッドに足をつまずかせた。それを見た渡瀬車掌が「こんなもので通せんぼしようったって、逃げられんぞ！」と、私を確保しようとした。ここまで来たら、もう観念して正直に言うしかない。

「わかった、わかったから、抵抗はしない。隠し事もしない。私は、こういうものだ」

私はガウンの懐《ふところ》に手を入れて、警察手帳を出そうとした。

「拳銃を出す気だな！　そうはさせんぞ！」

屈強な高橋車掌が飛びかかってきて、強烈なパンチを食らった。

「うぐっ、何をするんだっ、私は警察だ！　警視庁捜査一課の――」

言い終わらないうちに羽交い絞めにされ、スイートルームから引きずり出された。

もめている反動で、ガウンの懐になすかんで留めていただけの警察手帳が落ちる。それは、騒ぎを聞きつけて集まってきたミステリー好きのオバチャン連中に蹴られ、踏まれ、蹴り上げられ——やがて、一号車と二号車の連結部分の隙間に落ちて、見えなくなった。

「あ———!!」

誤認逮捕され、札幌の拘置所でひと晩過ごし、やがて身元が確認されて自由の身となり、東京に戻ったものの、警察手帳の紛失で始末書を書いた三日後……。

ハワイから、妻と娘三人が帰国した。四人の女たちは上機嫌で、意気消沈している私の首にレイをかけて大はしゃぎだった。

妻が「そう言えば、あなたの好きな寝台特急で殺人事件があったんでしょ?」と尋ねてきた。知らないふりをしていると、読書好きの高校二年生の長女が言った。

「ハワイでもニュースになっていたの。二人の車掌が逮捕されたって。車内販売の売り上げ金を横領していたのを、同僚に知られて口封じに殺したとか」

最近化粧を覚え始めた中学二年生の次女が「しかも、鉄道オタクのオッサンに罪をなすりつけてたんだってねー、笑えるんだけど」と言うと、小六の三女がませた様子で「ほんと、かわいそすぎだよね、そのオッサン」と同意した。妻が私の顔を見て言った。

「あら、あなた。口元の痣《あざ》、どうしたの？」

私はハワイ土産《みやげ》のチョコレートクッキーをかじりながら、素知らぬ顔をして言った。

「ちょっと、大捕り物があってね――」

ファースト・スノウ　沢木まひろ

初出『5分で読める！　ひと駅ストーリー　冬の記憶・西口編』（宝島社文庫）

「困ります、そんな……私には妻と子供が。家のローンだってまだ」

「うるせえな。ぎゃーぎゃー騒ぐんじゃねえ、じっとしてろ」

「嫌です！　お願いです勘弁してください！　サワコー！　ショウタ――！」

男は死んだ。さんざん駄々をこねたわりには、えらくあっさりと。太平楽《たいへいらく》な死に顔を見おろして俺はため息をつき、はい、終了、とつぶやく。


俺の仕事は殺し屋だ。

怯《おび》えさせずに逝《い》かせてやるのがプロだというけど、そこらへんは自己流でやらせてもらってる。人前に顔は晒《さら》さない。誰とも会わない。唯一、年にいっぺんだけ会えるのが息子だが、これも話はさせてもらえない。名乗ることすら許されず、ただ確認するだけなのだから、「見る」と言ったほうがいいか。

今日はその「見る」日。息子の姿を発見すると、そっとあとをつけた。最初のときは赤ん坊だった彼も、早いもので小学生になった。

人の行き交う舗道を、息子はひとり、小さな布袋を提《さ》げて歩いていく。相変わらずチビで細くて、向かい風に飛ばされそうだ。俺はガキのころから背の高いほうだった気がするので、嫁似なのかもしれない。でも嫁の身長がどれくらいだったか、そもそもどんな顔の女だったのか、じつはよく思いだせなかったりする。

元気よく揺れる布袋。何が入っているんだろうとぼんやり思いつつ歩いていたら、ふいに息子が振り返り、こちらを見あげた。

「なんでついてくるの?」息子は言った。「おじさん、誰?」

尾行がばれた上「おじさん」呼ばわりされた衝撃に、しばし声を失った。

「――殺し屋だよ」

せいぜいドスをきかせて言ってみた。息子は、何それ、食べたことないんだけど、みたいな顔で首をかしげるだけだ。生まれて七年かそこらのガキの辞書に「殺し屋」という呼称は載っていないらしい。

「何持ってんだ、それ」きまり悪さをごまかすため、話題を布袋へ転じた。

「お金」息子は答えた。「お母さんにクリスマスプレゼント買うの」

「小銭かよ。小銭ばっかだと断られるぞ」

「コゼニって丸いお金のこと?」

「ああ。二十枚以上出されたら、店はイヤだと言う権利がある。法律で決まってる」

「そうなんだ。でも、大丈夫だと思うよ。前に買ったときもコゼニだったもん」

言って息子は歩きだした。少し迷ってから、俺はあとに従った。父親と名乗りさえしなければ、とがめられることはあるまい。

街はどこもかしこもクリスマス仕様だった。きらめくショーウインドウ。浮かれた音楽。久々に季節を感じた気がした。そういえば、なぜクリスマスなんだろう。今日は彼の誕生日でも俺の誕生日でもない。「見る」日はほかの日でもいいはずなのに。

花屋で、息子は真紅のバラの、まだつぼみのやつを三本買った。

店の主人は九百円分の小銭をすんなりと、しかも笑顔で受け取った。もし断ったら脅してやるつもりでいたのに、俺の出番はないらしい。退屈しのぎに、飾られていたクリスマスツリーを五十センチばかり移動させてみたが、誰も気づかなかった。

花束にされた三本のバラを、息子は大事そうに胸の前に抱えた。それを見た瞬間、ずきりとした痛みを頭に感じた。

「おじさん、暇?」

暇なのはわかりきってるがいちおう訊《き》いてやるという口調で、息子が言った。

「暇ならつきあってよ。もうちょっと時間つぶしたいから」

俺は花束を見ていた。何かが思いだせそうな感覚だった。

「帰らなくていいのか」

「お母さん、会社だから」

「遅いのか」

「八時くらい。帰ってもすることないんだよね。ゲームしてるとお母さん怒るし」

川べりの土手まで来ると、息子はすとんと腰をおろした。その隣に座った。強い風はおさまり、川の水も鏡のように静まっている。

謎の頭痛は、ずっと続いていた。思いだしたら最後のような、でも是が非でも思いだして確かめたいような。

「おまえさ」敢《あ》えて尋ねた。「お父さんはどうしたんだよ」

「お仕事で死んじゃった」

「えっ？」

「お母さんがそう言ってた」

混乱した。お仕事で死んじゃった……？

「おじさんは？　お仕事、何してるの？」

「俺は……殺し屋だっつったろ」

「コロシヤって知らないよ。お店？」

きい、と背後で自転車が止まった。着ぶくれた初老の女だった。

「タツヤくん？」

女が息子の名を呼ぶ。タツヤという名の表記を、俺はいまだに知らない。

「なあに、そんなとこ座って。お母さん今日も遅いの？」

「年末だしね」息子は知ったような答えかたをした。

「だったら、おばちゃん家《ち》いらっしゃい。お汁粉《しるこ》つくったげるから」

「えー、クリスマスなのにお汁粉って」

「ぜいたく言うんじゃないの」

「わかった。じゃあ、話終わったらすぐ行く」

話？　と女は眉間《みけん》にしわを寄せたが、そのまま自転車をこいでいった。

しわが寄るのは当然だ。彼女の目に映っていたのは、土手にぽつんと座るひとりの少年。俺は見えない。息子はたまたま見えているようだが、普通は見えない。死者をあの世へ案内する、きれいな言いかたをすれば〝天使〟の役目を負う者だからだ。

せちがらい話で、天使にも格がある。てっぺんは「生まれたときから天使」という高徳な連中で、俺たち「もと人間」、しかも一番の下っ端《ぱ》は、ひたすら天と地上を往復して、魂の送迎を務めなければならない。生前の罪を償《つぐな》うための労働なんだそうで、きっちり悔い改めれば、もう少し天使っぽい暮らしが送れるらしい。ところが俺は、自分がどんな罪を犯したのか憶えていない。わかっているのは、妻子より先に死んだという事実だけ。だから悔い改めようがないのだった。

こうしてクリスマスに見に来るのも、あれがおまえの息子だと教えられたからで、初めは可愛いともなんとも思わなかった。愛しあったはずの女の顔さえ忘れ、この世に未練を残す人びとを慈悲のかけらもなく引っ立ててる。こんな野郎が天使だなんておこがましい。だから殺し屋。ずっと、そう思ってきた。

「なんでつぼみのバラなんだよ。ちゃんと開いてるやつのほうがきれいだろう」

「だってプロポーズだもん」

「プロポーズ？」

「お母さんが言ってたんだ。お父さんがバラを渡してプロポーズしてくれて、すごくうれしかったって」

「――」

「赤いつぼみのバラにも三本っていうのにも、ちゃんと意味があるんだって。だから今日は、ぼくがお母さんにプロポーズしてあげようと思って」

ふいに、女の姿が脳裏に浮かんだ。

真紅のつぼみのバラの花言葉は、「あなたに尽くします」。三本のバラの意味は「愛の告白」。どうしてそんなこと、俺は知っているのだろう。

女の顔が徐々にはっきりしてくる。ロマンチックすぎて逆にダサいプロポーズを、喜んで受けてくれた彼女の微笑。澄んだ瞳。細い指先。「赤ちゃんできたの」と告げた優しい声。そしてすべての記憶が、耐えがたいほどの臨場感で再生された。

俺は彼女と、彼女のお腹にいたこの子を裏切った。幸せだったのに、ふたりのためならなんだってすると思っていたのに、突然の解雇という事態に我を忘れた。上司に食ってかかった。勢い余って殴り殺した。警察に追われ、逃げて、追い詰められて、もう終わりだと踏切に飛びこんだ。最低最悪のやりかたで、家族を置き去りにした。ユキコ。――そうだ、雪子《ゆきこ》。どんなに苦労しただろう。

「ぼく、そろそろ行くね。おじさんも帰ったほうがいいよ」

ああ、と俺は応え、立ちあがった。

風がまた強くなってきた。来た道を逆にたどり街なかまで戻ってくると、その場所に近づいた。下っ端とはいえ俺も天使だ。もう全部わかっていた。毎年クリスマスに息子を見ることを許されていた理由。今日、息子の目に俺の姿が映った理由。

ヘッドライトを光らせ、トラックが交差点を曲がってきた。寝不足でよれよれの男が運転するトラック。一瞬うとうとし、ハンドルを切りそこねるまであと一秒。

不吉な気配を察したか、息子は立ちすくんだ。

俺は地面を蹴った。

運命をねじ曲げることは許されない。神の意思に背いた天使は地獄へ堕《お》ちる。それでもよかった。この子が生きていられるなら。彼女がこの子を失わずに済むのなら。

クリスマスがやってきた。

花屋で、若者は赤いバラを一本買った。赤いバラの花言葉は「あなたを愛します」。一本のバラは「ひと目惚れ」の意味だ。

外で待っていた俺には目もくれず、彼は早足で歩いていく。よかった、と思った。話ができないのは残念だが、やっぱりほっとした。よかった、今年じゃないのだ。

息子の命日は十二月二十五日。これは変えられない。ただ、本当は七歳で逝《い》くはずだったのが、神の気まぐれで延長された。来年か、再来年か、もっと先か、とにかくクリスマスに彼の命は終わり、俺はその瞬間に立ち会う義務を負わされている。再び逆らったら、今度は息子ともども地獄行き。そういうことで話がついている。

三十で死んだ俺は三十のままだ。でも息子は一年ごと歳を重ね、いつかは俺を追い越すのかもしれない。そのことも、いずれあの世に連行しなきゃならないのも切ないが、俺はちょっと楽しんでもいた。クリスマスの今日、息子はひと目惚れした女の子を口説き、あわよくば童貞にサヨナラしたいと目論《もくろ》んでいる。我が子のそんな一日を見物できる親父なんて、宇宙広しといえども俺くらいのものだろう。

それにしても、いまどきの女の子にバラの花言葉なんて通用するんだろうか。気色《きしょく》悪《わる》がられておしまい、なんてことにならなければいいが。

背の伸びた息子と並んで、街を歩く。

真冬の空から雪が、ひらひらと舞い降りてきた。

赤い顔　海堂尊

初出『５分で読める！　背筋も凍る怖いはなし』（宝島社文庫）

祖父から聞いた話である。

祖父は、酒を飲むと、時々白目を剝《む》いて、うめき声を上げた。

わたしは、そんな祖父の袖をつかんで揺さぶった。

すると祖父は、はっと気づいた顔をして、わたしをみた。

「ありがとうよ。もう少しで『あそこ』へ引きずり込まれるところだった」

「『あそこ』って、どこ?」

「よくわからないが、たぶん、暗くて、臭くて、痛くて、寒いところだ」

わたしは、そんなところに祖父を行かせたくなかったので、祖父が酒を飲む時は、必ず側《そば》にいるようにした。

祖父はある日、わたしに言った。

「お前のお父さんを殺したのは、儂《わし》だよ」

わたしは父は病気で亡くなった、と母から聞いていた。

「表向きはそういうことになっている。だがアイツを殺したのは儂なんだ」

「どうやってお父さんを殺したの?」

恐怖心より好奇心が勝って聞いた。わたしが幼い頃に死んだ父の印象は、ほとんどなかった。

「いや、やっぱり儂が殺したのではないかもしれない。忘れてくれ」

それきり、祖父はその話はしなかった。

そうなると却《かえ》って知りたくなるのが人情だ。なので母に、父の死について聞いた。するとは母はぎょっとした顔をした。だが少し考えてこう言った。

「お前も大きくなったから、知っておいた方がいいかもしれないね。お父さんはある晩、自分で自分の喉を掻《か》きむしって死んだんだよ」

「なんで、喉を掻きむしったりしたの？」

「数日前から、赤い顔が、と言って、うなされていたの。でも目を覚ましたお父さんは何も覚えていなかった。お父さんが亡くなってお医者さんがきたんだけど、赤い痣《あざ》が首の周りをぐるりと取り巻いていた。お父さんは自分の爪で首を掻きむしっていたんですって」

「お母さんは、側にいなかったの？」

母は疲れたように吐息をついて言う。

「風邪を引いていて、その晩は別の部屋で寝ていて気がつかなかったの」

「お祖父さんは？」とわたしは恐る恐る訊ねた。

「お祖父さんは村の寄り合いの旅行に行っていて、いなかったんだよ」

わたしは話を聞いて少しほっとした。祖父が殺したと言ったのは嘘《うそ》だとわかったからだ。

でもそれならどうして祖父はそんな嘘をついたのだろう、と不思議に思った。

ある日、祖父がまた、お酒を飲んでいて白目を剝いて泡を吹いた。

わたしが祖父を揺すると、祖父はわたしの身体を、すごい力で締め付けた。

わたしがもがくと、祖父はふっと力を緩めた。

「すまん」と祖父は謝った。そしてわたしを見ると、はっと目を見開いた。

「やってしまったか」

そう言って祖父は黙り込んだ。

長い沈黙にたまりかねて、わたしが「何を？」と問いかけると、重い口を開いた。

祖父は戦争のために行った南方で上官に命じられ、赤ん坊を銃剣で突き刺して殺した。

「母親が泣きわめいてつかみかかってきたので、首を絞めて殺した。その母親が死ぬ寸前に現地の言葉で何か言った。後で通訳に聞いたら、赤い顔がお前を殺す。子どもを殺す、と言ったと教えられた。戦争が終わって内地に帰国してしばらくしてお前のお父さんが生まれた。ところがある日真夜中に鏡を見たら後方に、小さな赤い点が見えた。次の夜、赤い点は少し大きくなっているような気がした。その赤い点は見えなかったこともあったが、見える時は次第に少しずつ大きくなっていった。ある日、その赤い点が何か、わかった。それは赤い顔だったんだ」と言うと祖父は酒を呷《あお》った。

「どんな顔なの？」

「お能の翁《おきな》という、皺だらけの面に似ている。気味が悪くて夜中に鏡を見るのをやめた。だが却って気になり、ある晩、また見てしまった。すると、その顔が儂の顔と同じくらいの大きさになっていて、赤い顔は大きな口を開けた。ヤツは笑っていたんだ」

わたしは背筋がぞくり、とした。

「その赤い顔は儂の右肩に乗ると大口を開け、儂の首筋に嚙《か》みつこうとしていた。口をくわっと開いてそのまま止まっていた」

ある日、祖父は鏡の前に倒れていた。そして祖父を揺する父がいたという。

「その時、儂にとりついた赤い顔が消えていることに気がついた。だが、お前のお父さんが、後ろに赤い点が見えると言ったんだ。息子は大きくなり、だんだん赤い顔がはっきり見えてきたと言った。しばらくしてお前が生まれるとその顔が更に大きくなったと言った。お前のお父さんは絵がうまく、赤い顔をスケッチした。その顔は、儂が銃剣で殺した赤ん坊の顔にそっくりだった」

思わずそのことを、祖父は父に言ってしまったという。その日から父はうなされるようになった。そうしてある晩、父は自分の首を掻きむしって死んでしまった。

祖父はわたしの身体を抱いたまま立ち上がった。

「お前のお父さんが亡くなった日、儂はまた赤い点をみた。そして今、儂の首筋に嚙わたしは薄気味悪くて思わず、「そうなの？」と訊ねた。

祖父はわたしを背中から抱いて、鏡を覗き込んでいた。

「お前に、赤い点はみえるかい？」

言われてわたしは思わず、鏡を見てしまった。

目を凝らすと、遠い彼方にぽつん、と赤い点が見えた。

「そうか、みえるか。そうか、そうか」

祖父は晴れやかな声で言った。

「鏡をみなければ、赤い点が赤い顔になることはないだろう。だから夜中に鏡を見ないようにしろ。そうすれば儂もお前も助かる」

しばらくして祖父は亡くなった。首筋には赤い痣があった。

わたしは夜中に鏡を見ないように心がけた。でもなぜか時々、わたしは真夜中に鏡の前に立っていた。はっと気がついて目を背ける。でも遠くに見えていた赤い点は、その都度、少しずつ大きくなっていくように思えた。

そのうち、赤い顔になるのかもしれない。

この物語はフィクションです。作中に同一の名称があった場合も、
実在する人物、団体等とは一切関係ありません。